囚犯

THE INMATE

FREIDA MCFADDEN

芙麗達・麥法登 ——著 陳岳辰 ——譯

1

現在

監獄正門在身後關閉，我質疑起人生中每一個決定。

此時此刻……不對，應該是任何時刻，我都不想進來這種地方。會有人想待在所謂的高戒護管理監獄嗎？應該沒有吧？走進這種地方，感覺就是生命誤入了歧途。

我的確是。

「姓名？」

入口內側有個玻璃隔間，裡頭穿著懲教員藍色制服的女人抬起頭問話。她目光呆滯，臉上同樣寫著滿滿的不情不願。

「卜珂・蘇利文。」我清清喉嚨，「應該是要和『朵洛瑟・康茲』見面？」

那女人低頭看了看櫃檯上夾著公文的寫字板，視線掃過表格，但完全不表態自己是否聽見我說話、知不知道我今天來意。我轉身觀察小接待廳，空空如也，只有一位滿臉皺紋的老先生坐在塑膠椅上讀報紙，彷彿將這兒當作公車車廂，無視外頭的帶刺鐵絲網和好幾座哨塔矗立。

體感過了好幾分鐘，接待區忽然響起嗡嗡聲，音量大得我嚇一跳往後退。右手邊那道門的紅色直欄杆慢慢滑開，後面是又長又暗的走廊。

我盯著那方向，兩條腿像是黏在地板。「我……該進去嗎？」

櫃檯後面的女人抬頭望向我，眼裡依舊毫無生氣。「嗯，進去走到底，穿過檢查站。」

她朝昏暗走廊撇了下頭，我戰戰兢兢踏過柵欄，一股涼意竄過全身。柵欄在身後重新關閉，沉重撞擊聲不停迴盪。之前我沒進來過，求職面試透過電話完成，典獄長態度很積極，覺得沒見面也無妨，履歷和推薦信就夠了。我簽下一年聘書，上週傳真過來。

所以現在，以及之後一年，才會出現在這裡。

大錯特錯。不該來的。

轉頭一看，紅色金屬欄杆將退路徹底鎖死。但還不遲才對，雖然簽了契約，這個時間點應該能脫身，只要轉頭走出去就好。我又不是來坐牢的，沒人能強迫我留下來。

何況我根本沒想過要來這裡上班，原本以為會有別的選擇。以紐約上州瑞克鎮為中心，通勤時間六十分鐘內所有工作我都送了履歷，卻只有這座監獄傳來回覆。唯一的機會，所以之前我還覺得運氣不錯。

此刻也只能硬著頭皮向前走。

第二道柵欄前面是檢查站，有個男人守在旁邊，樣貌四十多歲，留著軍人平頭，身上與櫃檯的呆滯女人一樣是淺藍色制服。我低頭朝他前襟口袋瞟一眼，證件上職稱是懲教員，姓名是史蒂芬．班頓。

「嗨！」我自己也覺得語調過度活潑不太恰當，但實在很難控制。「我是卜珂．蘇利文，第一天來上班。」

班頓面無表情，深褐色眼珠掃過我渾身上下。被他這麼一盯我開始不自在，忍不住回想出門前怎麼穿搭。既然工作地點是針對男性的高戒護監獄，我猜想衣著盡量別給人遐想比較保險，所以選了黑色直筒正裝長褲與黑色單排釦長袖襯衫。今天正好是夏末酷暑，外面將近華氏八十度（約攝氏二十七度），我有點後悔全身黑，不過這樣打扮應該最不起眼。另外我還將一頭深褐色頭髮拉到後面紮了簡單馬尾，臉上只用遮瑕膏蓋住黑眼圈再塗一點幾乎與嘴唇同色的唇膏，除此之外沒上任何脂粉。

「下次，」他開口了，「別穿高跟鞋。」

「噢！」我低頭看著自己的黑色厚底鞋。事前連衣服怎麼穿都沒人來信告知，遑論鞋子？「呃，這雙不太高，而且是粗跟，不是尖的那種，我想應該不至於……」

班頓兩眼直盯著我，我說不下去了。總之別穿高跟鞋。

我本人穿過大型金屬探測器，包包由他放在輸送帶接受掃描。我還是好緊張，就開玩笑說怎麼像是過機場海關，但感覺班頓這人不喜歡別人說笑。所以別穿高跟鞋，還有別講笑話。

「我要找『朵洛瑟．康茲』報到，」我又開口，「她是這兒的護理師。」

班頓悶哼：「妳也是護理師？」

「是『專科護理師❶』，」我委婉糾正，「之後要在這兒的診所工作。」

他挑眉。「祝妳好運。」

這話究竟什麼意思我很難體會。

班頓按了按鈕，又一陣蜂鳴器的響亮叫聲之後旁邊柵門打開，他示意我繼續向前就會找到監獄病房。走廊瀰漫化學藥劑的刺鼻氣味，頭頂上日光燈管三不五時閃爍。在這裡每一步都膽戰心驚，深怕忽然有犯人衝出來搶走高跟鞋當作凶器打得我半死不活。

走到底左轉之後遇見一個女人在等我，看起來六十多歲，花白頭髮剃得超短，個子矮小但結實。總覺得很眼熟，但一時想不起來。她和兩名警衛不同，穿的是海軍藍刷手服，可是臉上同樣沒笑容。我不免懷疑難道是這兒的工作守則嗎？僱員若微笑須接受處分？回去得重新讀一遍合約書。

「卜珂．蘇利文？」她字正腔圓，但音調出乎意料低沉。

「對，您是朵洛瑟？」

她和之前兩個警衛一樣先上下打量我，然後一副十分失望的表情。「別穿高跟鞋。」

「我知道，是因為——」

「知道的話還穿來？」

「我是說……」我臉頰好燙，「剛才有人告訴我了。」

朵洛瑟沒再多言但似乎很無奈，沒叫我光著腳丫就好。她招了手，我乖乖跟在後頭朝內走。病房外圍與監獄其他區域是同樣的化學藥劑氣味和閃爍日光燈管，一排塑膠椅靠牆擺著但目前沒人。她打開一扇房門。

「這是妳的診間。」

我探頭一看，房間不算大。以前我在皇后區及急診診所上班，檢查室是這兒兩倍大。但撇開面積，設備差不多，中間一張診療台，旁邊有給我坐的板凳與一張小辦公桌。

「有辦公室嗎？」我問。

朵洛瑟搖頭。「沒看到裡面已經有辦公桌了嗎？」

所以我寫病歷的時候，病人會在身後盯著看。「那有沒有電腦？」

「病歷都是紙本。」

我聽了真的很訝異，因為以前工作的地方全都不用紙本，而且這樣合不合法我都很懷疑。

❶ 專科護理師（nurse practitioner）階級介於護理師跟住院醫師之間，經過訓練與考試且擁有進階技術，可在醫師指示下協助臨床業務，工作內容接近資淺住院醫師，是能夠替代醫師的人力。

話說回來監獄可能有自己的規定就是了。

朵洛瑟指著診間隔壁。「旁邊就是病歷室，要用識別證開門，今天離開之前會發證給妳。」

她用自己的卡掃過牆上儀器，門鎖發出的咔嚓聲很大。推開門以後是個灰塵很多的小房間，裡頭塞滿檔案櫃，數量之多看得我頭疼起來。

「這兒有醫師負責嗎？」我問。

朵洛瑟遲疑片刻。「有五、六座監獄靠威登保醫師一個人照顧，平常不太見得到面，可以打電話聯絡。」

聽得我又不安起來。以前在急診診所不必獨挑大梁。但監獄應該不像外頭那樣常常碰上命在旦夕的病人才對，至少我這樣希望。

下一站是儲藏室，也和急診診所類似，但當然比較小，而且需要刷卡進入，有繃帶、縫合針線、各種管子盒子與藥物。

「發藥一律經過我。」朵洛瑟提醒，「妳開處方，我交給病人。缺了什麼的話可以買。」

我掌心冒汗，趕快在黑色褲子抹了抹。「好，明白了。」

朵洛瑟語重心長對我說：「到高戒護監獄工作會緊張很正常，但獄友也懂得感恩。只要妳保持專業、好好照顧他們，其實不必太過擔心。」

「嗯……」

「可是絕對不要透露個人資料，」她抿著嘴，「例如住處或私生活，也不要在這裡擺放照片。妳有小孩嗎？」

「有個兒子。」

朵洛瑟神情有點吃驚，顯然沒預料到我會這樣回答。多數人聽到我有孩子都是這種反應，因為雖然二十八歲了但還是娃娃臉，無論內心多滄桑。大學生面孔底下藏著五十歲老靈魂就是我的寫照。

「唔，」朵洛瑟繼續說，「那記得也別提到孩子的事情。與病人之間公事公辦，沒有其他瓜葛。我不知道妳以前工作環境如何，但在這裡病人不是朋友。他們是犯人，而且都是最嚴重的罪名，無期徒刑比例很高。」

「知道了。」只是知道得太晚了。

「最重要的一點……」朵洛瑟那雙藍色眸子彷彿要用視線貫穿我，「雖然大部分囚犯來看診是出於正當理由，妳還是得保持警覺，因為有些人把歪腦筋動到藥品上。這裡會儲備一些麻醉藥以備不時之需，但妳可別隨隨便便給騙了，他們拿了藥是當成毒品濫用或者賣掉。」

「好的……」

「還有，」她補充，「如果有人開條件說要交換麻醉藥，千萬別答應。碰上那種人就直接來找我。」

我倒抽一口氣。「我不會的。」

朵洛瑟目光銳利起來。「前一任也這樣說，現在她自己要被關進差不多的地方了。」

我一時無語，因為電話面試的時候我問到為什麼有空缺，典獄長說上一位專科護理師基於「個人因素」離職，完全沒暗示真正理由是在監獄裡販毒。

前一個在這崗位的人現在準備去坐牢，聽起來真的很不妙。有個說法是進了監獄就一輩子離不開，該不會連進來工作也包括在內？

朵洛瑟察覺我面有難色，表情稍微溫和了那麼一絲絲。「不必擔心，」她說，「沒妳想像的那麼可怕，和一般醫療工作沒兩樣，就是問診、治療、請他們回去過原本的日子而已。」

「嗯……」我搔搔後頸，「可是有點好奇，我要負責整個監獄的所有人嗎？還是其中一區之類……」

她噘起嘴。「抱歉，年輕人，就妳一個，全部都歸妳管。有問題嗎？」

「沒有，沒問題。」

我說了謊。

之所以猶豫要不要這份工作，其實不是擔心高跟鞋被囚犯搶走敲死自己，而是因為這裡有個犯人身分特別。很久以前我們認識，但我現在非常不想見到他。

但我不能告訴朵洛瑟，不能透露我的初戀男友被求處無期徒刑不得假釋以後就被關在瑞克高戒護管理監獄。

還有，讓他坐牢的就是我本人。

2

開著藍色老豐田轎車停在父母住處前面時，包包裡面多了一張剛出爐的瑞克監獄識別證。朵洛瑟嚴詞告誡我不能讓證件落入有心人士手中，可是我怎麼想都覺得這張卡只能用來偷OK繃或進入員工廁所。無論如何我還是會用生命保護它。

儘管十多年前這兒成了傷心地我才遠走高飛，但在瑞克鎮的童年回憶並不差。風景優美、綠樹成蔭，老房子古色古香，鄰居也有人情味。如果換作皇后區，大家迎面相逢還會自動別過臉。這裡的夜空能清楚看到每個星座，不必擔心零落的光點其實只是飛機。

兒童就該在這種環境長大。我的小小家庭回到這裡落地生根。

車子停在車庫前面。其實車庫是空的，而且能停兩輛，可是以前都讓爸媽用，我得停在外頭街邊。習慣改不過來，心裡依舊覺得這是他們的房子，儘管事實上包含房子在內一切都由我接手。

畢竟他們人都已經走了。

拿出鑰匙打開前門，電視機聲音與燉肉香味一起飄進玄關。我稍微閉上眼睛，想像平行宇宙中回家時家人和另一半在廚房料理的景象。可惜只是妄想，至今沒有深交到會來家裡做菜的對象，我甚至懷疑一輩子都遇不到了。現在這氣味是保姆的手筆，她人很好所以還幫忙做晚餐。

「哈囉？」我叫道，「回來啦！」

之後我先在原地等了等，看看喬許會不會有反應。小小孩總有幾年時間一聽見媽媽回家就匆匆忙忙動起小腳過來討抱，不過他都十歲了所以沒那麼激動。我也不是不明白，孩子當然還愛我，只是表達不再那麼強烈罷了。

果然一秒之後喬許光著腳走進玄關。再一週就開學，他好好把握最後幾天假期的方式就是九成時間賴在沙發，不是看電視就是打電動。雖然不該放任，但接下來每天就是上課、作業和校隊。而且他以少棒聯盟為目標，比賽在春季開打，到時候他應該會嚷嚷要去公園練球。

「嗨，媽！」

我張開雙臂，他上來擁抱，也沒到很不情願才對。「小夥子今天過得怎麼樣？」

「還好。」

「有沒有下沙發動一動啊？」

他朝我咧嘴笑。「幹嘛要動？」

說完兒子還把褐色頭髮從眼睛前面撥開。他該剪頭了，按照過去經驗會直接在家裡浴室洗臉台前面處理，反正開學之前必須剪掉。這孩子一天一天越來越像他父親，尤其頭髮亂起來實在太神似，常看得我心頭一揪。

廚房傳出定時器叫聲，走過去以後香味更濃郁。家常菜，真叫人懷念，以前我媽也都自己煮晚餐，可是我早就出去住了，上個月才搬回來，而她已經過世。到了門口正好看見瑪姬從烤爐端出盤子，她是住在附近的老奶奶，我上班的時候幫忙照顧喬許。兒子之前吵著說不需要保姆，但放他自己在家一整天很難安心，畢竟我遠在車程四十五分鐘之外的監獄裡面。何況他才十歲，還不是那種早熟的十歲孩子。

「好香哦，瑪姬。」我開口。

她朝我露出笑容，將一綹白髮撥到耳朵後面。「這沒什麼特別啦，雞烤好以後淋上大蒜奶油醬就好，當然旁邊要加些米飯和蘆筍喔，總不能只吃雞肉對吧。」

呃，不能嗎？我暗忖過去十年好多個夜晚母子倆真的靠雞肉果腹，雖然炸雞桶上印了上校的笑臉就是。

都過去了，現在開始新生活，對我、對兒子都是。喬許很誇張地嗅了嗅說：「聞起來好醬喔。」

我白了他一眼。「什麼叫做『好醬』？醬再多聞起來都一樣才對。」

瑪姬眨眨眼。「應該是因為大蒜奶油醬。」

他臉都皺了。「我不喜歡大蒜，可不可以去吃麥當勞？」

其實我也不明白為什麼可以很愛一個人又常常想把他給掐死。「首先呢，」我回答：「瑞克鎮沒有麥當勞，所以答案是不行，我們沒辦法去吃麥當勞。再來，瑪姬明明給我們做了香噴噴的菜，你這麼不情願的話那就自己做晚餐嘍。」

瑪姬笑道：「我女兒也都這樣說。」

希望是讚美。「今天多謝了，瑪姬。星期一喬許放學以後能來嗎？校車大概三點左右到。」

「沒問題！」

儘管瑪姬其實有家裡鑰匙，我還是送她到門外。準備道別時，她忽然遲疑，白色眉毛往中間一皺。「對了，卜珂……」

要是她忽然改口說不幹，我大概會找個角落抱著自己哭。預算範圍內實在找不到別人，連瑪姬的薪水都付得很吃力。「嗯？」

「要開學了，喬許好像很緊張。」她說，「搬家換環境當然是個因素，畢竟才這年紀，不過我覺得他那種焦慮程度好像超過預期。」

「噢……」

「也別太擔心啦，」她補上，「就是跟妳說一聲而已。」

我不禁為年幼的兒子感到心疼。不能怪他想念麥當勞，麥當勞是喬許熟悉的事物，瑞克鎮並不是。不只這個小鎮，連這棟房子他都沒來過。祖父母從不讓孫子回鄉下，寧可親自去城裡探望，直到我請他們別再來。我是近鄉情怯，喬許卻得從零開始。

何況我知道有別的理由造成他對上學有恐懼。畢竟在皇后區發生過那種事情。

「我會處理。」我回答，「真的很謝謝妳，瑪姬。」

我走回廚房，喬許坐在餐桌邊拿著鹽罐與胡椒瓶當玩具堆了小沙丘。之前好幾次警告他不要這樣弄，但現在實在沒辦法生氣，只能在兒子對面坐下講話。

「嘿，小夥子，」我開口，「你還好嗎？」

喬許在小沙丘上寫了名字第一個字母J。「嗯。」

「要開學了，會緊張嗎？」

他瘦小的肩膀聳了一側。

「聽說這裡的小朋友都很好相處，」我說，「不會像之前那樣了。」

喬許抬起頭，褐色眼珠望過來。「妳怎麼知道？」

我眉心一簇，對兒子的苦楚能夠感同身受。去年喬許在學校遭到霸凌，情況十分嚴重。一開始他隻字未提，所以我也沒察覺，只是想不通孩子怎麼越來越安靜，直到某一天帶著黑眼圈回家。

紙都包不住火了他卻還矢口否認，遲遲羞於告訴自己母親為什麼被別人欺負，當時實在束手無策。我知道兒子偏內向，但身上應該沒什麼醒目的缺陷，所以不懂他為何成為目標。後來得知同學怎麼譏笑兒子，我才終於反應過來。

野種。

喬許被同儕霸凌是因為我的緣故，所以我心如刀割。是我不光彩的過去令他蒙羞，是我害他成為沒有父親的孩子。事發之後，我真的有過一些極度負面的念頭。

那所學校宣稱對霸凌零容忍，但顯然只是做做表面功夫，當時根本沒有人真心朝我兒子伸出援手，甚至校長本人還一臉批判神情說出：其他小孩也沒做錯什麼，單純戳到我處境上比較尷尬的部分罷了。

身為年輕單親媽媽，我平日就焦頭爛額，無力對抗粉飾太平的校方。更何況其他家長很多都四、五十歲，財力遠勝於我。其實我找了律師，也因此燒掉很大一筆積蓄，但最終還是建議我轉學。

正好學年結束時我父母死於車禍，考量以後我決定不要賣掉老家房子，因為這裡就是我們母子二人需要的新起點。

「你會交到新朋友。」我安慰兒子。

「或許。」他說。

「會的，」我語氣堅定，「相信媽媽。」

孩子長大的麻煩之一在於他們會明白有些事情父母插不了手。

喬許盯著鹽和胡椒堆砌的小丘，這次寫了姓氏的字母S。「媽？」

「怎麼了，寶貝？」

「都搬來這裡了，會不會見到爸爸？」

我差點被自己的口水嗆死。真沒想到他那顆小腦袋裡轉的是這種念頭。儘管我努力身兼父職照顧孩子，看得出來喬許時不時很介意父親究竟是誰。他五歲那年特別明顯，動不動就提起爸爸，每天都在安親班畫一張自己想像的父親帶回家。太空人、警官、獸醫，各式各樣。後來有一陣子沒講這件事情了。

「喬許——」我試著安撫。

「他不是住在這裡嗎？」兒子隔著餐桌抬頭望向我，「對吧？」

字字句句扎在我心上。當初就該跟他說爸爸過世了，後續會簡單很多。給父親安個英雄故事……例如為了救小狗衝進火場才死的，他應該就不會再想東想西？或許去年也就不至於被其他孩子欺負。

「寶貝，」我回答，「你爸爸以前住在這裡沒錯，但他搬走了，去別的地方了。」

我看不出兒子那表情是什麼意思。孩子長大的另一個麻煩是：大人有沒有說謊，他們感覺得出來。

3

面前這男人，不多不少，只有一顆牙。

好吧，不完全對。韓德森先生口腔後側還留著兩顆，不過都黑了，急需牙科治療。問題是他笑起來只看得見上排僅存那顆黃牙。

「醫生妳是救命恩人！」韓德森先生一開口又亮出大牙。我已經解釋兩次自己並非醫師，但他似乎改不了口。「真不知道該怎麼感激！」

「不必客氣。」

說穿了我什麼也沒做。韓德森先生有肺氣腫，這幾個月好像惡化了，所以我開新的鼻噴劑處方箋給他，如此而已。如果事前沒有排好行程，囚犯想求診必須填寫外出單。韓德森先生的單子上只有簡單一句話：「無法呼吸。」

上班第一天，病人差不多都是同樣態度。我不知道他們做了什麼壞事才被關進高戒護管理監獄，但每個人在診間都非常禮貌、非常感恩。像韓德森先生，今年六十三了，之前究竟犯了什麼天大的罪過呢？我不瞭解，也不想瞭解，反正現在覺得他人還不差。

「之前那位小姐走了以後我就一直又咳又喘到今天，」韓德森先生告訴我。彷彿為了證明自己所言不虛，他在我面前咳了好大一聲，還能聽見喉嚨裡的痰液滾動。可以的話應該照個X光片看看，偏偏技師今天沒來，得等明天才行。

監獄人力不足，才來一天就充分體會到狀況多嚴重。我接手之前，威登保醫師偶爾進來看診，除此之外即便只是基本處置也必須將病人送到外面急診室或診所，對獄方而言開銷過大，難怪什麼也不管只求我盡快到任。

什麼也不管，連我與某個獄友有關聯也沒追究。「朵洛瑟呢？」我問，「你有沒有和她提過自己的呼吸障礙？」

韓德森先生揮揮手。「她只會叫我不要裝可憐。」雖然他算很客氣，但今天已經埋怨朵洛瑟太多次，而且聽起來不大符合我的印象。

「醫生妳就好多了。」他補上一句。

「謝謝，」我朝他笑道，「還有其他問題或症狀嗎？」

「啊，有件事情想問，」他搔搔蓬亂斑白的頭髮，「妳結婚了沒？」

腦海迴盪起朵洛瑟的警告，我不該對囚犯透露自己的個人資訊。但感覺這件事情細枝末節，何況人家低頭一看也會發現我沒戴婚戒。

「沒有，」我回答，「還沒結婚。」

「啊，醫生妳一定很快就能找到對象。」他說，「又年輕又漂亮，不必擔心。」

很好。

韓德森先生跳下診療台，我領他走出診間，把握時間在病歷上加幾句話。目前所見，監獄對病歷紀錄大概沒什麼要求，上一任專科護理師伊莉絲對每次問診都只有草草幾句，不過字跡很大很清楚。不管她犯了什麼罪，至少我對她寫字漂亮這點很感動。

懲教員馬可斯．杭特在診間外待命。他被分配來病房，負責帶病人到等候區（也就是診間外面那一排塑膠椅子），我問診時也會守在門口。

杭特個頭很高，乍看覺得骨架不算特大，但配合那身藍色警衛服顯得很壯。他應該三十多，剃了光頭，下巴留了幾天分量的鬍子。診間的門沒窗戶，所以不關門看到杭特在外頭比較安心。我察覺有時候他將門開得很大，然而例如韓德森先生過來他又只留一條縫。畢竟杭特更熟悉這些人犯的素行，所以我就讓他全權處理。

今天有三分之一病人出現時還戴著手銬，其中少數連腳鐐都沒取下。我不敢過問判斷標準是什麼。

我將韓德森先生交給杭特，懲教員面無表情點點頭。他和朵洛瑟一樣幾乎、還是該說完全沒露過笑容。踏進監獄以後，對我笑過的全都是囚犯。

「我帶他回牢房。」杭特開口。

我望向房間前面那排椅子：「沒人候診了嗎？」

「沒了，妳可以休息。」

杭特帶著韓德森消失在走廊深處，現場剩下我一個。忙裡偷閒自然愜意，可是這兒乏善可陳，WiFi訊號基本等於不存在，也沒有能夠聊天的同事。既然偶爾有空檔，以後上班還是帶本書比較好。

左手邊就是病歷室。沒人幫忙，所以今天已經親自進去好幾趟。看看手錶，還有一小時就下班。

前後張望，整條走廊空空蕩蕩。

我躡手躡腳走到病歷室前面，用識別證打開門鎖。裡面可用空間徹底塞滿檔案櫃，只靠一顆沒上罩子的燈泡照明，氣氛太過窒息，足以引發幽閉恐懼。房間角落還堆著沒歸檔的文件，有些頁面都掉出來了。朵洛瑟說那些也是病歷，但病人已經不在這所監獄。既然多數囚犯都是無期徒刑，我猜意思就是人已經走了吧。

杭特用不了多久就會回來。幸好我有明確目標。

所以直接走向標示了N的櫃子，拉開抽屜看到一疊又一疊病歷塞在裡頭。我一份份撥開查找，納許、納布、納皮爾、聶爾……

聶爾森。

抽出病歷時我雙手微微顫抖。文件上名字寫著史恩．聶爾森，是他沒錯。果然還關在這裡。就我的立場自然沒什麼好驚訝，最後一次見面是宣判當天，他被求處無期徒刑，必須一輩子待在這座監獄。

閉上眼睛，那張粗獷帥氣的面孔依舊浮現腦海，眼神彷彿直擊我心深處。

卜珂，我愛妳。

對我痛下殺手的幾小時前他還這麼說過。而且他做過更可惡的事情。

我低頭盯著病歷，有股衝動想要拆開看內容，但心裡知道不妥。違反專業倫理是毋庸置疑，至於是否合乎規定……算是灰色地帶。嚴格來說，既然史恩是這所監獄的囚犯就等同是我的病人，只不過我現在並非基於醫療目的查看內容。

才到任第一天，違反規定是否太早了點？

送出履歷的時候我根本不覺得自己會被選上，理論上不可能挑一個與囚犯有過關係的人進來工作。但史恩受審那年我還未成年，父母也積極阻止我名字被註記在任何公開文件內。話雖如此，本以為監獄稍微做個身家調查就會輕易發現，看來我高估他們了。

當然另一個可能是典獄長知情，不過急著找人來上班就睜隻眼閉隻眼。

身後傳來咔嚓聲，代表有人用識別證開了病歷室門鎖。我心一慌，趕緊將史恩的病歷塞回檔案櫃並重重關緊抽屜。同時間門被推開，站在外頭的杭特被強光模糊成黑色輪廓。

「臨時多了個病人。」房間太陰暗，他那雙眼睛化作兩個黑色凹洞。「妳在裡頭做什麼？」

「呃……」我轉頭瞥一眼檔案櫃，「今天早上有個病人，我想到該補些說明進去。」

作為專科護理師，進入病歷室再自然不過，杭特也沒理由察覺我做出什麼偷雞摸狗的事情才對。問題是我兩頰好燙，不知道會不會露出馬腳。

他雙目微閉。「有預訂的病人，病歷我都會先整理出來。有需要的話，我可以拿給妳。」

「喔！」我擠出笑臉，「原來如此，那先謝了。」

他還是沒笑。

好極了，第一天還沒下班就被警衛當成麻煩人物。但終歸他們需要我多過我需要他們，工作還不至於丟掉。暫時不至於。

只要史恩．聶爾森別莫名其妙在病房露面就好。

4

十一年前

要是爸媽知道我在幹嘛一定會氣死。

他們以為我要去找閨蜜複習功課。放學以後茜爾希先載我回家，我換個衣服收拾一下就到她家裡過夜。

但我卻搭了史恩・聶爾森的車回來，還故意停在一個路口外。若爸媽看見這一幕下場會很慘，再被發現我打算到人家家裡住一晚的話……嗯，他們會是什麼反應我想都不敢想。禁足肯定免不了，不是不准打電動、不准多吃甜點那樣而已。恐怕是直接休學，甚至改成在家自學，往後連臥房都走不出去的那種禁足。

所以史恩載我回家總是隔著一兩個路口就停車。這距離還是不太安全，但跟史恩扯上關係的事情我總是傻傻地不計較後果。從小到大我一直扮演乖乖牌，成績總是拿到A，獲選為優等生、參加辯論社什麼的。因為從前沒遇到對的人讓我願意掙脫束縛。然而上了這輛雪佛蘭、史恩從駕駛座瞥我一眼以後，我就覺得為了他自己什麼都願意。

「好期待今天晚上。」我希望自己聽起來成熟性感，但實際上大概是尖銳緊繃。沒辦法，我還沒有住在男生家裡的經驗。

「我也是。」他指尖描過我頸間常戴的雪花墜金鍊，「真的很期待。」

史恩明亮的褐色眼睛與我相望。我國中就認識他，而且覺得他一年比一年更帥。深色亂髮搭配危險笑意，現在還渾身都是肌肉。十二歲那時候他只是成天鬧事的不良少年，高中參加橄欖球隊忽然就成了明星四分衛。我和茜爾希每天在觀眾席替校隊加油，所以知道他真的很有天分，但我爸媽還是不可能看得上。

「只要妳開口，」史恩繼續說，「今天也可以沒有別人……」

一開始是茜爾希聽說史恩的母親這週末會出遠門探望他外婆，於是提了個好點子：大家去他家裡辦個小型派對。決定之後，她就把自己和同為橄欖球明星選手的男友布蘭登給放進客人名單了。大家都知道布蘭登那個人不管去什麼派對都會開酒喝。

「不大妥當吧，」我回答，「茜爾希去不成的話會不會告訴我爸媽呀？」

史恩臉一沉。「她不是妳好朋友嗎，怎麼可能出賣妳？」

呃，茜爾希的話還真有可能。我們交情是很好沒錯，但她從小對面子斤斤計較。話說回來這次我反而如釋重負，史恩和我交往才三個月，忽然兩個人獨處還是覺得好尷尬。不曉得他知不知道我還是處女，反正他一定不是處男——史恩當然沒自己提起過，可是想都知道，絕對不可能。

「沒關係啦，」我說，「有茜爾希和布蘭登一起也比較熱鬧。」史恩沒再多說什麼，畢竟和布蘭登也是稱兄道弟。不過看得出來對於兩人獨處這件事他沒有一絲一毫的緊張，反倒似乎因為能與我相處而非常興奮。想到他這麼喜歡我，我也心花怒放。以前有交過男朋友，但史恩才是真正的初戀。儘管我爸媽不會諒解所以總得偷偷摸摸，他也從來沒有怨言。

我看看手錶，先前跟我媽說了五點到家。「該走了。」

「再五分鐘？」

「還是不要比較好。」

我怕隨便有個藉口的話，爸媽就會叫我別出門。今年夏天本來家裡門禁森嚴，因為鄰鎮有個叫做崔西．基佛的少女被人謀殺棄屍在樹林裡頭。事發一個月內人心惶惶，但四個月後大家淡忘恐懼回歸常態。當初那麼轟動的命案才多少日子就船過水無痕。

「好、好，」他輕輕拉我肩膀摟過去。我吻了他，吻得深沉飢渴，彷彿彼此較量誰能先吞下對方。無論史恩還是我似乎總嫌膩在一起的時間不夠。「晚上見。」

「晚上見。」

我伸手要推開車門，他的手卻又搭上我肩膀。

「卜珂？」

我轉頭。「嗯？」

「我唉妳。」

聽完我忍不住笑了。這是專屬我們的小笑話。某一天我傳訊息跟史恩說我喜歡吃冰淇淋，不小心打錯字輸入成「我唉冰淇淋」。正常來說手機應該要自動修正，偏偏那次就沒有，於是成了兩人間的小情趣。我唉薯條。我唉腳底按摩。

半個月前他脫口而出：卜珂，我唉妳。

他不是愛我。當然啦，我們才十七歲，交往三個月而已。但是他唉我，其實比愛我還更令人陶醉。

「我也唉你。」我回答。

史恩笑了笑，鬆手讓我下車。我甩車門的力道有點太大，整輛雪佛蘭搖搖晃晃。他的車是名副其實的垃圾——史恩去報廢場找來，靠自己從汽車維修課學到的技術重組引擎、弄到能發動、然後親手上漆。現在車子外觀完好無損，不過總叫人擔心會不會開一半在路中間熄火，到時候我也別無選擇必須認命，穿著怎麼看都很不舒服的鞋子千里跋涉重返文明。

雖然他每個週末都在披薩店打工還是買不起新車，二手也一樣，負擔得起的東西都在報廢場裡。

在我父母眼中，史恩和他的車一樣是「垃圾」，當然不會同意我們交往。

史恩搖下副駕座車窗。「晚上見哦，卜珂！七點半！」

「好，七點半！」我附和。

確認時間之後，史恩駕車遠離，車子發出的噪音遠遠超乎常態，因為連消音器也是報廢場裡找來的。我站在原地望著雪佛蘭消失在轉角，就是因為整個人栽進愛情裡，每次都要親眼看著他背影消失在遠方。很噁心，我心裡有數。

「七點半要幹嘛呀，卜珂？」

背後那個聲音將我從愛情的泡泡（應該說唉情）一瞬間拉回殘酷現實。先前沒留意史恩車子停的位置不好，與瑞斯家未免靠得太近。平常他不會這麼不小心。提姆．瑞斯站在自家草坪，一地秋天落葉已經掃得差不多。

但怎麼好死不死偏偏是提姆呢，真糟糕。

「沒事。」我回答。

我們四目相交，提姆挑了挑眉毛。面對他的時候得抬頭我好不習慣。兩個人還包尿布的時候就彼此認識了，小提姆滿臉雀斑多到像是被雀斑炸彈轟炸過一樣，而且以前他都比我矮個一兩吋（約五公分），直到一年前身子忽然開始拔高，所以我還沒適應。

「是七點半要去見史恩？」提姆逼問。

我別過臉。雖說閨蜜是茜爾希，但真正對我瞭如指掌的其實是提姆。「看看嘍……」提姆的藍眼睛目光暗沉下去。「想不到妳居然還和那個混球在一起。」

史恩不得我父母歡心就算了，可是提姆更討厭他，而且表現起來非常強烈，我實在不明白背後緣由。提姆並不會因為別人開三手車、住在應該拆掉的破農舍就瞧不起，那麼厭惡史恩應該有別的原因。

「提姆，」我低聲道，「別說了。」

他搓搓下巴，這幾年一直不曬太陽所以臉上雀斑褪到差不多沒了。可是其實我很想念他的雀斑，覺得很可愛。沒了雀斑，又比我高出半個頭，提姆是變得英俊挺拔，卻也沒了以前的可愛感。更麻煩的是性格也變化好大，不再是以前夏天一起在他家後院灑水器旁邊玩耍嬉鬧的那個孩子。

「史恩就是個混蛋。」他低呼。

「噢，夠了……」

「他就是。」提姆繼續罵，「他們橄欖球隊全都是流氓，真搞不懂妳怎麼就看不明白呢，卜珂。」

我走進他家院子，心裡非常侷促。空氣潮濕沉重，腳下泥土鬆軟，感覺頭髮更捲了。氣象預報說今晚會有豪雨甚至大風暴，茜爾希與我說好盡量趕在天氣變差前抵達廢農場，所以該動身了。但我實在受不了——提姆那一臉批判到底怎麼回事？我很想證明他看走眼，瞭解史恩為人的是我不是他。以前我也覺得史恩人品一定很差，但那都是誤會。明明是個老實人，我喜歡他、唉他。提姆那都是偏見，我想扭轉他對史恩的印象。

「真的認識以後，」我說，「你就不會說那種話了。」

提姆嗤之以鼻搖搖頭。

「不如，」我繼續，「你今晚一起來吧？」

他瞇起眼睛。「去哪兒？」

一番話彷彿未經大腦就脫口而出：「今天我們要去史恩家裡玩。他媽媽有事出門了，所以就我、史恩、茜爾希和布蘭登四個。」我滿懷期望抬頭，「再加上你？」

「抱歉沒興趣。」

「來嘛，一定很好玩！跟你爸你媽說在喬丹家就好，他們又不會去問。這樣可以玩一整個晚上。」

提姆歪著頭思考。從小他想事情就是這姿勢，從前的日子天真單純，去提姆家裡也不會聊到男朋友、校園惡霸之類的事情，兩個人除了玩還是玩。曾經我以為那種關係能夠持續一輩子，提姆和我永遠都是好朋友。

我常戴的雪花墜項鍊就是提姆送的十歲生日禮物。我們很喜歡一起在雪地玩耍，無論滑雪橇、堆雪人還是打雪仗。以前只要外頭開始下雪，我會立刻套上靴子與冬衣跑去提姆家。那串鍊子也是生平第一次有人送我珠寶首飾，戴了這麼多年脖子沒變綠，想必他當初花了不少錢，或許存了一整年才買得起。

「好吧。」他回答，「去就去。」

很多次我隱隱約約察覺：無論自己提出什麼要求，提姆從來沒拒絕過。可是我不願多想，總覺得與鄰家男孩的關係某些部分最好別深究。

「太好了！」我拍手，「西爾希七點十五分來接我，到時候你就一起吧。」

提姆臉上毫無熱情。「嗯。」

他大概覺得整件事情就是個錯誤，但錯的其實是他自己。今天晚上他一定會玩得很開心，我也會向他證明史恩真的人不錯。還得請西爾希幫忙給提姆找個女伴，這樣他應該也比較放得開。

5

現在

如果不會丟臉，感覺喬許想要鑽進我兩腿間躲起來。

但他十歲了，所以只能挨在媽媽身旁，手指緊緊抓住我衣袖，一直不肯走入同為五年級的同學之中。班導師康維女士朝我投以同情目光，而我對她印象還不錯，四十多歲了很有經驗，感覺將班級秩序管理得很好。我念書的年代沒聽說過她，應該是我離開以後不久才轉過來的。

「蘇利文小姐妳放心，」她安撫，「我會好好照顧他。」

「謝謝。」

我清楚意識到她稱呼我為「小姐」而非「太太」。知道我是單親媽媽？知道喬許沒有和父親的合照？知道那些不堪回首的過去？這種小鎮就是風言風語最多，儘管當年爸媽已經盡力隱瞞我懷孕。

假如她知情，代表或許也有其他家長知情，遲早會傳進小孩耳朵裡，然後兒子又要被大家貼標籤。

不對，我不該自亂陣腳，要相信喬許能過得很好。

孩童喧鬧被一陣尖銳鈴聲打斷。新學期第一天正式開始，我給了兒子一個尷尬的熊抱，差點把持不住情緒將他壓扁。以十歲孩子而言，喬許是有點瘦小，才到我肩膀而已，臉也常常還太過稚嫩，感覺純真到難以融入滿教室的陌生人，尤其別人都已經彼此認識五年。

「加油。」我在兒子耳邊說，「別怕，大家都喜歡酷酷的新朋友。」

喬許下巴微微顫抖——他忍著不敢哭出來。換作兩歲的話一定不害臊嚎啕大哭，但此刻看著大孩子故作堅強反而更心疼。我吻他額頭之後輕輕推了一把，兒子乖乖跟著同學進入校園，模樣好像要上刑場。

沒事的。就算他是所謂非婚生子女，其他孩子也不會介意。搬回瑞克鎮是正確選擇。

卜珂，繼續祈禱，直到自己相信。

我原地守候，等到再也看不見喬許的綠色背包。如果可以，我真想待在教室外面，如果兒子需要我就能夠立刻走進去。但幼稚園都不讓家長這麼做了，現在自然更不可能。我只能說服自己別擔心，兒子一定會平安。

「卜珂？卜珂．蘇利文？」

有人叫自己名字，我聽了渾身僵硬。搬回老家最棘手的地方在於偶爾會被認出來，所幸瑞克鎮也沒有那麼小，所以頻率並不高。不過我在喬許這個年紀也上同一所小學，站在學校門口被認出來似乎是合情合理。

轉頭看見認得我的人是個教師，想開口問好的瞬間卻又呆了一次。

「提姆？」我擠出聲音。

是他，提姆．瑞斯，小時候住在隔壁，我最好的朋友。

至少在我不告而別之前算是吧。

「卜珂！」他整張臉亮了起來，「真的是妳！」

提姆踩著學校外圍草地跑過來。我仔細打量發現……嗯，小時候他很可愛，滿臉雀斑又成天堆著笑臉，所以大人都很寵愛。到了高中快畢業，提姆簡直一夜間身高多了六吋（約十五公分），沒那麼可愛但多了分俊美，身形從矮矮瘦瘦變成高高瘦瘦。過了這些年，他體格飽滿不少還練出肌肉，雀斑也沒長回來。

總而言之，非常性感。

我下意識伸手順了順深褐色頭髮。出門前隨手綁的馬尾，看起來亂七八糟，身上又穿著過分寬鬆的T恤和瑜伽褲。十年不見，並不是我自己希望用這副模樣見到提姆．瑞斯，但一切都來不及了。

「嘿，」他湊過來，「真巧。剛剛在草坪外面就看見了，我還心想說：『不可能是卜珂．蘇利文，一定看錯了。』結果居然真的是妳。」

「是我啊。」我語氣也很僵硬。

他笑道：「現在確定了。」

接著我們尷尬站著不知道說什麼好。唔，我是很尷尬，提姆則是笑個不停。究竟高興什麼呢，我看了可是不大開心。

「所以，」我抓抓手肘，「你是這兒的老師嗎，還是……？」

他也用手梳了下頭髮，髮色總讓我想到楓樹。「呃，其實我是副校長。」

「哇！」我擠出笑容，感覺嘴唇像麵糊一樣。「好厲害，恭喜。」

「唔，謝謝。」提姆搔搔下巴，我雖然無意卻還是注意到他左手無名指空著。

「妳呢？」

「我啊？當專科護理師。」

他眼睛一亮。「要來我們學校上班嗎？」

「倒不是。」我趕緊澄清，「工作在……別的地方。」自己得開四十五分鐘的車去高戒護監獄這種事情我一點也不想提。

提姆眉頭微微一蹙。「喔。」

我腦袋轉了轉才會意過來。他很疑惑，不知道為什麼我會出現在學校門口，而此情此景之下別無選擇，我只能坦承。

「是帶兒子過來。」我解釋，「第一天上學，你懂的。他很緊張。」

「啊！」提姆又笑了，但這次笑容多了份拘謹。「小小孩剛上幼稚園都這樣，不過沒問題的。」

我只說了兒子第一天上學，提姆就誤以為是幼稚園。他不知道喬許都十歲大了，可是遲早會發現。真不想面對，因為他推算時間就會察覺不是巧合。

畢竟那一夜提姆也在場。身上的疤痕能證明一切。

「聽說妳父母意外過世了，節哀順變。當時我出國了，否則也會去參加告別式。」

「沒事。」我低聲答道，「其實和他們感情普通而已，談不上太親。」我省略了自己與爸媽五年沒見面沒講話沒任何聯繫，這種細節沒必要交代才對。

「是……車禍，對嗎？」

我點頭。「兩個人一起。在我看來有點荒唐，還以為他們相敬如冰呢。以前我爸一直背著我媽在外面偷腥。」

「再怎麼說，」提姆雙手插進口袋，「妳還是不好受吧。現在住老家嗎？」

「嗯，這裡房子也不好賣，你應該知道才對。」

「啊，當然。」他淡淡點頭，「我也住爸媽留下來的房子，他們兩年前搬去佛羅里達，嚴格來說我是幫忙看家。不過都住這麼久了，好像該承認我就是搬回來了吧。」

「我一直滿喜歡你們家房子啊。」

「嗯，」他聳肩，「還可以，但有點太大。才我一個人嘛。」

逼我意識到他單身就對了，根本等於明著講。

「所以呢……」提姆眼珠子轉來轉去，學校周圍人潮逐漸散去，草地被踏出一個一個小腳印。「妳老公工作也在這一帶嗎？」

「我沒結婚。」

「是喔……」

「沒錯。」

我們又互望幾秒，接著他先露出一個羞澀的笑容。「輕而易舉打聽出來妳還單身，我套話功力很高吧？」

我想忍也忍不住，提姆真的很會逗我笑。「超厲害的，一定經驗豐富。」

「小學副校長都這樣。」

「我想也是。」

他笑得更開懷。「嗯，我得進去了，但該找個時間敘敘舊才對。喝咖啡如何？」

我最不想要的就是和別人聊過去，尤其是提姆這種一度很熟的朋友。「我滿忙的。」

「喝杯咖啡也用不了多久吧？最多……二十分鐘？」

感覺沒好事。無論提姆打什麼心思，我的生命已經容不下了。萬一他知道喬許的生父是誰，可能對我又是另一種態度。但當務之急是結束對話，虛與委蛇也是不得已。

「看看嘍，」我回答，「等我安頓好再說。」

「嗯……」提姆還是笑容滿面。唉，他在我面前的這個神情被我遺忘了好久好久。「還能再見面真開心，真的很開心。那就等卜珂妳看看什麼時間方便。」

他小跑步進學校，感覺腳下多了分雀躍。

提姆．瑞斯，本以為即使搬回老家也不會再碰面的人。

6

我很生氣。

現在看診的病人是卡本特先生，年紀很輕、未滿三十，脊椎曾經中彈，事發時……他犯什麼罪被關進高戒護監獄我也不知道。總之就是幹壞事，我並不想過問太多。

犯人的過去與我無關，與我有關的是卡本特先生下半身癱瘓必須坐輪椅，也就是白天已經一直坐著，但晚上躺的床墊居然只有薄薄一層，導致尾椎嚴重疼痛，不知道多久沒接受醫療處置。

「卜珂妳覺得是什麼情況？」卡本特開口問。他拉下褲子側躺在診療台方便我觀察，只可惜我給不出什麼好消息。

「就是壓力造成的潰瘍。」我回答，「會先包紮，但如果你無法舒緩壓力的話就不可能根治。」

「呃，這樣啊，那我能怎麼辦？輪椅椅墊還能湊合吧，可是床墊就是那麼爛呀，跟直接躺在彈簧上面差不多意思。」

「那得換床墊才行。」

卡本特先生悶哼。「妳才剛來對吧？不可能給我換床墊的。」

「如果我寫成診斷，他們就得給你換。」

「妳試試看嘍……」

雖然卡本特先生不抱指望，但必須給他換床墊。下肢癱瘓病人沒得到足以緩解壓力的床墊就等同醫療疏失，無論要填多少文件我都會找到辦法。

處理好他，我確定外面沒人等候，就沿著走廊過去朵洛瑟辦公室。可笑，她有辦公室，而我卻必須在診間的小桌子將就。當然我明白或許是資歷問題，所以懶得多費唇舌，說穿了我並不希望自己在這兒待到能有辦公室。

敲門以後想著先等她出聲，結果卻等了好久，似乎有五分鐘。進去一看，朵洛瑟坐在桌子前面，蒜頭鼻上頂著一副半月形眼鏡❷。

「卜珂，我這兒也很忙的。」她說。

「不會耽擱太久。」我說，「只是想知道怎麼給麥康・卡本特申請一張減壓床墊。」

朵洛瑟視線從鏡片上方射過來。「減壓床墊？」

那語氣聽起來好像我剛剛講了火星語，但她分明知道我說的是什麼東西。「卡本特先生下

❷僅在鏡框下部鑲嵌半月狀老花鏡片方便閱讀，上半部無鏡片不影響看遠。

半身癱瘓，尾椎已經生出壓瘡，不換好一點的床墊不可能痊癒。」

「卜珂，」朵洛瑟語調很平，「這兒可不是麗思卡爾頓酒店，沒辦法給每個獄友都買一張高級床墊。」

我眼角抽動。「但這不是奢侈品，是醫療用途。」

「恐怕不能算。」

「當然能算！」我忍不住叫道，「他下半身沒知覺也動不了，不舒緩壓力只會繼續惡化，換床墊只是基本而已。」

「很可惜我們沒有新床墊的預算，妳得換個方式解決問題。」朵洛瑟搖搖頭，「妳怎麼一點創意都沒有？」

我目瞪口呆望著她。問題是病人有壓瘡，最簡單的解決辦法就是換床墊。這女人腦袋有什麼毛病？完全不在乎囚犯死活嗎，他們也是人吧？

朵洛瑟桌上電話響了，她完全沒理我的意思，直接拿起話筒接聽。我站在那邊聽她和不知道誰有來有往，最後才冒出一句：「好，我叫她回去。」

不妙，聽起來那個她就是我本人。

果不其然，朵洛瑟一掛電話就抬頭，眼珠轉到鏡片上方盯著我。「操場那邊出事了，杭特懲教員正要把受傷的人帶去看診。」

時間可真巧。

我垂頭喪氣走回診間，心裡並不打算就這樣放棄，就算會被逼走也要幫卡本特先生爭取到床墊。無論如何，現在得先處理在操場受傷的人。

怎麼受傷的呢，該不會是被鎖頭襪[3]打傷？監獄裡真的有這種事？

才走到診間門口就看見杭特帶著另一人朝這兒走過來。想必就是在操場受傷的那位，身上穿的卡其色連身服與其他囚犯沒兩樣，特別的是他屬於手腳都還上銬的類型，所以只能踩著很小的步伐跟在杭特旁邊。

靠近之後，我看見他額頭先貼了紗布，可是已經被染成一片鮮紅。不管怎麼受傷的顯然免不了縫合。然後我瞟了下傷患的臉。

噢，不妙，太不妙了……居然是史恩。

[3] 將掛鎖鎖頭裝進長襪充當流星錘，是監獄暴力常見武器。

7

十一年前

感覺茜爾希是整個身體重量壓在喇叭按鈕上，每次來我家都這樣。我將背包掛在右肩趕緊衝出家門穿過車道，忍不住一邊跑一邊罵。非得等到我拉開副駕座車門整個人鑽進去她才肯放開喇叭。

「拜託！」我朝她手臂拍一下，「方圓十里都能聽見，妳是想要昭告天下嗎？」

茜爾希十分戲劇化地翻了白眼，那對深褐色眼珠周圍沾滿睫毛膏，所以睫毛變成平日三倍長度。她妝濃得好可怕，我爸媽絕對不可能讓我這樣子走到外頭，連非裸色、深一點的唇膏都得躲到學校廁所才偷偷拿出來塗。

「誰叫妳慢吞吞？」茜爾希說。

我轉頭想叫後座的人說句公道話。茜爾希傳訊息說會找凱菈．奧利維拉當第六人陪提姆，她也是啦啦隊成員，皮膚黝黑、身材嬌小、長得很漂亮。不過我探頭發現凱菈盯著手機拚命打字，對茜爾希的瘋狂喇叭充耳不聞。

「哈囉，凱菈。」我先打招呼。

「哈囉。」她頭都沒抬。

我清清喉嚨。「臨時通知，謝謝妳能來。」

凱菈視線這才離開手機螢幕。「茜爾希說提姆．瑞斯也會去，對吧？」

我心裡有點詫異。原本以為硬要找人跟提姆湊作對，茜爾希應該會故意瞞著人家不提，現在看來完全不是這麼回事——凱菈主動想去，她對提姆有興趣。顯然長高六吋以後提姆也成了女孩子的關注對象，我再怎麼後知後覺現在也能看得懂凱菈那滿臉的期待。

提姆成了帥哥一枚。但我對這個轉變竟有點不自在。

為什麼呢？我也想不透。明明有史恩了不是嗎？

「所以史恩媽媽出門沒？」茜爾希問，「可以過去了嗎？」

我從包包掏出手機，果然一分鐘前史恩傳了訊息：接到布蘭登，我媽已經上路，快過來！

我打字說：馬上到！唉你！

他立刻回覆：我也唉妳！

茜爾希停到下個路口提姆家門前，差點兒又想瘋狂鳴喇叭，但結果沒必要。提姆就坐在門口階梯上，看見金龜車立刻起身。凱菈隔著車窗觀察，嘴角微微上揚。

提姆一鑽進後座，隔壁的凱菈馬上用力挨過去，安全帶繃到極限。「嗨，提姆。」

「嗨……」他蹙起眉頭，顯然想不起來對方名字。我轉過身，同樣用力以唇語擠出「凱菈」的嘴形，但提姆沒能立刻參透，片刻後才試探地說：「卡菈？」

凱菈臉頰淡淡泛紅。「是凱菈。」

「對、對，抱歉。」其實提姆聽起來根本沒有一絲一毫歉意，應該說完全不在乎。其實他本來就不欣賞啦啦隊女孩，當初我說要加入也感覺他偷偷生悶氣。

「你包包呢？」凱菈問。

他眉頭蹙得更緊。「包包？」

「是啊，提摩西❹，」茜爾希說，「我們是通宵排隊哦，卜珂沒跟你說嗎？」

「有……」他聳肩，「無所謂，不必帶東西。」

凱菈一臉震驚。「也不用換衣服嗎？」

提姆低頭看看夾克，拉鍊沒拉，露出底下的灰色T恤和藍色牛仔褲。「沒差吧，明天也穿這套就好。」

「男孩子啊，」茜爾希朝我瞟了眼，「有時候真不知道喜歡他們什麼。」

我和茜爾希同聲笑了起來，但回頭一看卻發現提姆臉上那神情令人很不安。我有說過會過夜，小時候在朋友家過夜沒什麼大不了，他自己也曾經在我家玩到隔天才走，而且過來的時候幾乎什麼家當都準備齊全。雖說距離那種年紀也好些日子了，他明知道要在史恩家裡過一晚還兩手空空實在古怪，不像我認識的提姆．瑞斯。

會不會我根本不瞭解他呢？又或者，提姆其實不打算一起待在那裡？

❹ 提姆是通稱，提摩西為正式場合使用的本名。

8

現在

本來指望過幾個月再和史恩．聶爾森接觸，想不到才第二週就碰上，而且還得兩人單獨面對面。

這個曾經想殺我的男人。

喉嚨一緊，他要用來當作凶器勒死我的項鍊彷彿嵌進氣管。我無法呼吸，扶著門框深深喘息。不能就這樣崩潰，我得維持專業素養。

沒事。*我沒事。*他也不可能再傷害我。

我認出了他，過不到一秒他也認出了我，神情同樣錯愕。說不定比我還錯愕，畢竟他不可能事前料到我會進來工作。腳鐐哐啷聲在看見我的瞬間停下來，史恩呆立原地嘴巴合不攏。

「前進。」杭特用力推，逼著他邁步。「沒那個工夫慢慢耗，快點。」

兩人一路走到診間前面瞬間停下動作。

史恩望向我，眼神充滿痛苦。

「嗨，我是卜珂。」我知道自己語調僵硬，畢竟心裡覺得很荒謬——為什麼要對奪走我處子之身的人自我介紹呢？但現下也沒別的選擇了。

史恩沒來得及開口，杭特先揚聲代他說話。「他叫史恩．聶爾森，在操場弄傷額頭了。」

「嗯。」明明心臟像是在做開合跳，我的聲音卻是意外平淡。「聶爾森先生，請進。」

史恩又呆住不動。杭特再次出手，將他直接推進房間。

手腳都被銬住，爬診療台對他很費勁。之前這種狀況，杭特會過來幫忙病人，然而現在他卻袖手旁觀。史恩試了幾次才終於坐上去。

史恩就定位，杭特離開診間。我本想關門，杭特卻又伸手擋住。

「給這傢伙看診的時候門保持開啟。」杭特直接提醒。

我回頭觀察，史恩低頭坐著，手腕與腳踝靠在一起。之前對這種囚犯都心生恐懼，而且我也知道史恩是怎樣的人，但面對他反而沒了那種情緒。

「沒事的。」我說完就暗忖最好別後悔。

杭特還是按著門板不退讓。我們視線相交，還以為他想乾脆闖進來，但最後終歸鬆了手。

「我就在外面，」杭特說，「有事情就大叫。」

「好的。」我說完也沒有將門完全合緊，留了非常細的一條縫。

剩下我和史恩兩人在房裡。上次獨處是……也罷，不需要回想那一夜發生過什麼。與十七歲時相比，他的外表可以說變了很多也可以說沒怎麼變：頭髮短得多，被剃到一吋左右（二點五四公分），表情多了當年沒有的一抹冷酷。

令我略微不甘的是他還是一樣英俊。令我非常不甘的則是他與兒子太神似。我們互望一陣。或許互瞪一陣更精準些。史恩內心的怨毒都快從眼睛溢出來了。可笑的是我還真不明白他有什麼資格憤怒——心懷怨懟的不該是我才對嗎？假如當初他得逞，現在我已經死了。或許他恨的是我在法庭說出事實真相。

「你好。」我盡其所能以最平板最沒有感情的聲音說話。

史恩又低下頭。「嗨。」

我試著挺起胸膛。當初接下這工作就擔心這一刻，事到臨頭除了硬著頭皮也沒別的辦法，總之以專業態度為他處理傷口然後就走人。

「還好嗎？」我問。

聽見我問話，史恩猛然抬頭一瞪。「明明什麼壞事也沒做，卻因為別人的誣陷得坐牢一輩子，妳說我好不好呢，卜珂？」

他眼睛都要噴出火了，但我不示弱盯著看。「我說的是你的頭。」

「喔。」他抬起被銬住的手，摸了摸額上的紗布。「也不怎麼樣。」

我戴上藍色乳膠手套走到診療台前面看個仔細。已經很多年沒和他這麼接近，做惡夢的時候除外。十年前單是想到與史恩如此靠近都會渾身發麻，但現在長大了堅強了，應該熬得過去，不會被這禽獸嚇退。

上次如此貼近的時候，史恩用了檀香鬍後水。如果閉上眼睛，那股木質中透著花香的多層次氣味還能在我腦海重現。後來我變得厭惡那味道，曾經有一次約會對象噴了檀香木古龍水，結果我再也不想見到對方，而且連解釋都沒辦法，只能一直拒接電話。

伸手撕開黏住紗布的膠帶時我也懶得動作溫柔了。傷口滿嚴重，儘管立刻包紮卻還繼續大出血，所以不縫不行。同一側還逐漸浮現黑眼圈。

「怎麼回事？」我問。

「撞上圍籬。」

我挑眉。「真的？」

他瞪著我，一副要瞪到我不敢追問的樣子。「對。」

「只是看起來像別人動的手。」

「就算是別人幹的，」史恩回答，「我在這兒跟妳打小報告，下次人家出手會更狠。所以我自己撞到才是好事。」

同時我也留意到他臉上還有別的疤。一條截斷另一側眉毛，一條沿著下顎幾乎藏進下巴鬍碴內，咽喉最下方還有一條很長的白色痕跡。

不知為何我想起喬許。之前兒子被同學霸凌也有黑眼圈，和他父親現在一個樣。而且史恩也是單親，從小沒見過爸爸。

我心中閃過一絲……

不能說是同情。我無法同情這樣一個禽獸。他可是連那種事情都幹得出來。

「史恩，」我說，「假如是別人找你麻煩——」

「別說了，卜珂。」他語氣非常堅持，「就算妳以為自己是在幫忙也不要多嘴，幫我縫好傷口然後讓我回牢房，可以嗎？」

「好。」

想想他說的也沒錯。我不只沒辦法幫忙，還沒意願幫忙。工作內容就是將他傷口縫起來，送他回牢房。史恩自己明白，所以我也不必多心。

可以的。

我將他留在房間，自己出去拿縫線。需要的東西幾乎都在材料庫，唯一例外是麻醉用的利多卡因。利多卡因屬於管制藥品，需要經過朵洛瑟發放。我走到她辦公室，又等了好久才聽見她叫我進去。

「處理完了？」她問。

我抿嘴。「額頭撕裂傷，需要縫合，所以來拿利多卡因。」

「沒了。」

我張大眼睛。「什麼?」

她聳聳肩。「監獄只存放很少量麻醉藥，目前缺貨。」

「那怎麼縫?」

「不麻醉也能縫。」

我咬緊下顎，心想這女人到底有什麼毛病?就算坐牢，囚犯還是人吶，但朵洛瑟完全不在乎他們是否健康舒適。明明我才應該最痛恨史恩・聶爾森，能有機會折磨他當作報當年一箭之仇搞不好真的會開心，但無論對象是誰我都認為有必要為病人保留尊嚴。「這太不人道了吧?」

朵洛瑟眼珠子向上翻。「別講得那麼誇張，卜珂。就幾針的事情，他撐得住。再不然，妳用黏的好了。」

問題在於史恩這次的傷口很不乾淨，黏貼的手法不合適。朵洛瑟不肯聽我說話，而且她再跟我說什麼創意之類的我可能會忍不住尖叫。但這下子真的得自己想辦法了。

回到診間，史恩還坐在診療台，傷口當然不會憑空癒合。他聽見腳步聲抬起了頭，方才目光中那股熾熱怒火已經消散。儘管是我的證詞害他淪落至此，或許史恩心中的憤懣沒我以為的深厚。這麼多年裡，在我的幻想中他一直蹲在牢房在自己身上刻下詛咒我的文字。今天見了面，其實他好像沒那麼恨，整個人流露的反而……是悲傷，以及挫敗。

「有個狀況，」我老實說，「雖然找得到縫線，但利多卡因用完了，所以——」

「無所謂，」史恩不先聽聽我有沒有辦法就打斷，「直接縫。」

「你確定？那會——」

「確定。利多卡因總是這時候用完。」

感覺史恩非常平靜，而我不禁暗忖他脖子最底下疤痕那麼長一條，當初沒有麻醉就縫的話該有多痛。

「好吧。」我也想趕快讓事件落幕，「那你得躺下。」

史恩想要往後倒，但雙手被銬在一塊兒有點難，所以身子在診療台上面扭動。我下意識伸出手，扶著他的背部協助穩定。

這麼多年過去了，我居然又與史恩．聶爾森有了肢體碰觸。

本以為會覺得噁心。我恨這人，事後好多年一直做惡夢。說他毀了我人生都不算誇張，何況他得逞的話我連人生都沒了。

但結果嘔吐感沒出現。觸摸他肩膀與觸摸別人是同樣感受。或許經過這些年，我真的放下了吧。

也是時候了。我該為自己感到驕傲才對。

我在史恩注視下拿起針線。雖然不施麻醉就要在額頭穿針引線，他似乎一點也不緊張。換作我就不可能，尤其我這輩子除了剛出生之外從來沒有被縫過。

「夢想成真，嗯？」他說，「不用麻醉直接扎我針。」

「我有去問。」我回答得很防備。

「當然。」

「是真的有。」我轉頭瞪著他，「別把我跟你混為一談，我可沒有折磨別人的嗜好。」

「唔，」史恩說，「妳以為我對妳做了那種事，好像也怪不得妳是這種反應。」

史恩雙眼流露出我無法理解的情緒，我下意識別過臉。

「現在是專科護理師嗎？」他繼續說，「不錯的工作。」

「謝謝。」我語氣僵硬。

「我……呃，」他一邊嘴角翹起來，「在牢裡拿到GED❺了，其他想要考試的人還會來找我上課。」

那語氣聽起來像是以為我會覺得很厲害。一如當年他在球場上漂亮的長傳之後會轉頭朝我望過來，怕我沒看到似地。

❺ 普通教育發展證書（General Educational Development），美國和加拿大的高中級別學術技能檢定（即「高中同等學力」）。

「喔。」我淡淡答道。其實也不知道說什麼好。

「算了。」他自言自語起來，「我在想什麼呢，妳又沒興趣。」

用生理食鹽水沖洗傷口之後就要縫合。一定會很痛，但史恩竟然毫無懼色。我對針做完消毒，準備刺進去之前提醒：「會有點痛喔。」

「準備好了。」

在急診診所幫過不知道多少人縫合，有些成年男子就算靠利多卡因麻醉患部還是大聲嚎啕。下針時史恩還是微微顫抖一下，但他已經表現出十成的男子氣概。

「話說，」他趁我打縫合結的空檔開口問，「妳還沒結婚？」

我拿著針的手停頓一下。「你剛剛……說什麼？」

史恩本能想聳肩，但意識到皮膚上還扎著針便作罷了。「看妳沒戴戒指，而且聽人家提到漂亮的新任專科護理師還單身。」

「真多嘴。」

「唔，但也是妳自己把單身這件事情告訴人家的。」

這話說得沒錯。朵洛瑟一早警告過不要洩露個人資訊，是我太不謹慎。只不過獄友一大半長得並不像罪犯，反而給人無害老先生的印象。

「還聽說妳有個孩子。」史恩補上一句。

有股噎到的感覺。我真是個大笨蛋，可是病人問我有沒有小孩的時候究竟該怎麼回答，關你屁事？也不妥吧，而且與兒子分開一整天的時候想閉口不談真的很辛苦。不過現在我學到教訓了。

「總之，恭喜。」幸好他語氣中並沒有諷刺或不甘。「孩子多大？」

這話問得我一呆。無論他或提姆腦子都不傻，直接回答十歲的話立刻就會被識破，差別在於提姆有可能發現真相，而史恩沒那個機會。「五歲。」

針頭再度刺入皮膚，史恩微微蹙眉。「我挺喜歡小孩的，可惜這輩子沒可能了。」

我不敢講話，閉著嘴給縫線打結。

「真沒想到妳還會搬回來。」他又說，「以為妳一去不回了，頂多偶爾看看爸媽。」

「我爸媽車禍走了。」雖然不該再提到私事，但感覺很自然所以脫口而出。或許是想告訴他：過去十年裡我的境遇未必都和他有關，而我的人生也不會以他為中心。

史恩皺眉。「節哀。」

「沒事。」我低語，「反正不親。」

至於為何親子關係崩潰，我也不可能向他解釋。一方面是我這個女兒不聽勸，居然偷偷和史恩交往。再來是我撒謊去他家，還差點賠上小命。然而真正讓我父母怒不可遏無法寬恕的是——我懷孕了，而且堅持不墮胎。我個人並不後悔這決定，可是爸媽對孫子的愛卻有所保留，即使喬許就已經生出來了也沒用。他們認為我犯了錯，無法接納我的兒子，始終將喬許當作丟人現眼的孽種。

於是我也無法原諒自己父母，久而久之決定徹底切斷關係。

「我媽也是，兩年前走了。」史恩說。

又打好一個結。「你也想開點。」

這話不是敷衍，我知道他們很親。畢竟史恩的爸爸走得早，留下母子二人相依為命，連媽媽也沒了的話他就孑然一身。

史恩凝視我好一會兒。「她臨終前還認為那些人真的都是我殺的。」

我拿針的手抖了抖，差點穿錯位置。那些人本來就是你殺的，雖然我很想這麼說但有損專業形象，何況說了也沒有意義，儘管事實俱在他卻總不承認那一夜自己犯的罪。

無所謂。我本人在場，很清楚他幹了什麼好事，還差點因此沒命活到現在。

我不會忘記，更不可能原諒。

9

十一年前

聶爾森家的農舍距離主要道路有一英里遠。

所以車子得開到泥巴路上，是那種事前不知道恐怕根本不會看見的小徑。史恩說過一件事：他小學那時候校車不肯多開那一英里到農舍，每天早上得靠自己兩條腿走完那段路到車站、下午放學以後再走同樣一段路回家，即使冬天積雪也不例外。

聽了以後我好心虛，校車都直接停在我家前面，從門口到上車才十五呎（約四點五公尺）距離，結果我還哇哇叫。人家史恩要走一英里啊！但我明白他不是故意提起要我慚愧，對他而言就是閒話家常，說說自己生活罷了。

「確定史恩他媽已經出門了？」茜爾希問話同時將金龜車轉到泥巴路上。還不算開始下雨，但車外空氣已經彷彿籠罩一層薄霧。

「嗯，他傳訊息說了。」

聶爾森太太人很親切。我去過幾次，他媽媽對我很好，反過來我父母絕對不可能對史恩那麼客氣。但話說回來，無論人多好，也不大可能接受幾個她不熟的年輕人忽然要在家裡過夜，尤其布蘭登身上一定會有酒。

農舍給人年久失修的印象。房子外牆本來應該是亮紅，但油漆褪色剝落太嚴重，有些地方白了、有些地方露出木頭。屋頂歪斜還長滿青苔，感覺風雨大一些就能直接掀翻。窗框看上去也變形了，好像當初蓋房子的人只是沒有技術和經驗的學徒，組裝時全憑一股蠻勁。

茜爾希將金龜車停在雪佛蘭旁邊，同時農舍正門打開，史恩走出來看見我們整個表情都亮了，立刻用力揮著手：「快進來！要下雨嘍！」

我撈起背包，跳到車外用力甩上門。抬頭一看，天上烏雲密佈，暴雨隨時傾盆而下，所以揹上包包就趕快踏著泥巴跑向門口。抵達時史恩接過我包包。

「我幫妳拿吧，卜珂。」他笑得好燦爛。

「好紳士哦！」茜爾希一邊叫著一邊朝提姆使眼神，提姆乖乖伸出手，凱菈將鼓脹的旅行包塞進他懷中。我看了一呆，暗忖她是準備了一個月份行李嗎？

進入屋內，我關上紗門。之前看過史恩修理，但手一拉還是覺得門會掉下來，可能得整組換掉才行，可惜他們大概沒預算。聶爾森太太已經不得已得兼兩份最低薪資的工作，可是還需要兒子去披薩店打工，否則連房貸與飲食都負擔不了。

轉身要鎖門，史恩將我抓過去種了一個吻。每次接吻我就像整個人融化，而且今天他身上味道好香。平常也不難聞，只是現在特別棒，可能因為他偶爾會用的鬍後水。

「好喜歡你的鬍後水。」我呢喃道。

「是檀香木。」

我皺眉。「檀香木是什麼？」

「我也不知道，做花壇用的？」

「裝泥巴的味道？」

他笑了笑。「那喜歡這味道的妳也是怪胎……」

史恩又吻了我，而且這次我鬆手以後忽然渾身一麻很不自在，好像正被什麼人注視。一扭頭，看見提姆真的站在對面緊盯我們，臉上表情難以理解。然而我們目光接觸時他立刻別開臉。也好，我不希望史恩發現別人那樣觀察我。

「結果，」史恩在身旁問，「妳把提姆也帶來啦？」

他那雙深褐色眸子流露出微微不滿。提姆不欣賞史恩，但史恩也沒多喜歡提姆。我得想想辦法。

「他人很好啦。」我有點太想說服他。

「嗯哼……」

「而且茜爾希帶了凱菈來，你懂的吧……」

史恩沉默半晌。「好吧，」他又開口，「反正家裡剛好有三間臥房。」

我鬆了口氣。平常史恩這人不多心，但這種事情總是難料。畢竟我們才交往三個月，誰知道他心裡有沒有什麼陰暗面會忽然顯露出來呢？至少目前還沒見過就是了，雖然提姆一直叫我多提防。

「嗨，瑞斯！」史恩過去想握手，「真高興你也能來。」

看著他大搖大擺走向提姆，我掐著雪花鍊子心裡好多感觸。史恩這麼做是因為明白我在乎提姆，所以我很感激。兩個人開始聊天，看上去氣氛不算差。聊什麼我聽不到，史恩壓低聲音了，提姆跟著說起悄悄話回答。我再怎麼集中注意力也沒用，一定會被幾步外茜爾希和凱菈的吱吱喳喳給蓋過，半個字都聽不清楚。

其實他們講什麼也不重要，沒吵起來就夠了。本來心想要不要過去加入，但還沒拿定主意就聽見廚房門被撞開，布蘭登一手端著疊起來的兩大盒披薩、另一手提著伏特加酒瓶走進客廳。

「要開始狂歡了嗎！」他大叫。

布蘭登這麼一吼，史恩猛然抬頭從提姆面前退開，那模樣好像被我逮到做壞事一樣。他快步走向披薩和伏特加，和提姆之間的交流戛然而止。

10

現在

我在沉默中為史恩縫合剩下部分。謝天謝地，他不再追問其他事情。說穿了就不該洩露一絲一毫私生活，是我的錯。追根究柢，這次碰面來得猝不及防，交往時的甜蜜、訣別時的悲涼一下子全湧入腦海，

「結束。」我綁好最後一個結，將他額頭血跡抹掉。「這樣可以了。」

「嗯……」

「需要口服止痛藥嗎？」

他面色一沉。「不了。就算我開口，也只會被當作想吸毒。」

的確。每次有人提這種要求我心中就彷彿響起警鐘，上一任專科護理師可就是因為違法賣藥被抓去關。即使史恩頭上那道撕裂傷很嚴重，而且我在沒麻醉的情況進行縫合，給他口服藥物應該不為過，但最終還是該由他自己做決定。

「那，」我說，「就請杭特先生——」

「等一下！」史恩壓低聲音，語氣急促。「等一下，卜珂。聽我說，有件事情要告訴妳。」

我朝門口瞥了一眼，有什麼突發狀況的話杭特就在外頭。

「史恩，我不能——」

「拜託，拜託。聽我說完就好，可以嗎？」

我搖頭。「不行。不合適。」

「只是想告訴妳……」史恩的聲音忽然很沙啞，「當初想殺死妳的人不是我，卜珂。我發誓，如果說謊我不得好死。」

我從診療台退開。「發生在我身上的事情，我還不清楚嗎？」

「妳真的不清楚。」他咬牙切齒，「我什麼也沒做，是瑞斯那傢伙拿球棒打暈我，我醒過來身邊就是警察說要逮捕。」

「史恩，」我低吼，「夠了，別說了。」

「我絕對不會傷害妳，卜珂。」他瞪大眼睛的樣子就像當初我愛上的十七歲少年。「等了整整十年才有機會告訴妳，請妳相信我。我不想、也不能對妳做出那種事情，因為我愛妳。」

我氣得右手握拳。他怎麼還有臉說這些，怎麼有臉親口對我繼續撒謊？「你真以為我是白痴？」我盡可能忍住沒大叫，免得杭特聽見。

「卜珂——」

無論他還想說什麼都被敲門聲打斷。杭特沒等我開口，直接將頭探進診間。「還沒好？」

「好了，」我擠出回應，「剛處理完。」

我扶史恩坐起身，但戴著腳鐐要下床也不容易。他動作很緩慢小心深怕跌倒，杭特在一旁看著嘴角還下垂。

「混帳東西，動作快！」他催促起來。

我望向懲教員，心裡十分訝異。雖說杭特之前也沒對囚犯表現多大寬容，但基本的尊重總還有，這是我第一次聽他對病人出言不遜。而且等史恩好不容易站起身，杭特推他出去的力道與粗魯顯然超過必要程度。

為何杭特對他厭惡至此？史恩做了什麼蒙受這種對待？

兩人離開診間，杭特押著他朝牢房回去。日光燈照耀的長廊走了大概一半，史恩匆匆回頭朝我望一眼。

我摸了摸自己咽喉。有時半夜仍會一身冷汗自夢魘驚醒，項鍊嵌進皮肉壓迫氣管的記憶揮之不去。儘管是那麼多年前的事情卻又恍如昨日，金鍊子每個細環的形狀、史恩的檀香鬍後水、他呼在我頸子的溫熱氣息都還栩栩如生。

夢裡只有一樣事物模糊不清。

他的臉。

我沒看見想殺我的人是什麼相貌。那天夜裡停電了，農舍陷入伸手不見五指的漆黑。可是我太熟悉史恩，尤其他身體的觸感與氣味。一定是他。

一定。

因為如果不是他，我就鑄下難以挽回的大錯。

11

從監獄開車回家，一路上我沒辦法不想到史恩。他被判刑以後，我真的以為這輩子不復相見，更遑論會與他面對面僅只幾吋距離。

替他處理傷口以後，杭特將史恩的病歷取來給我。這回不必內心羞愧，能夠光明正大好好讀個仔細了。本子很薄，也是理所當然，史恩年輕力壯，大部分紀錄都是受傷，恐怕是其他獄友造成。

不過最後一條是前任專科護理師伊莉絲留的。史恩過去說肚子痛，她開了抑制胃酸的藥物，卻又在那頁最底下補了一行字：「愛耍心機，想偷拿藥。」心機兩個字下面還劃了線。可是我不知道該不該信，明明主動說了可以給止痛藥他卻拒絕。無論如何，看到這種描述就有股惴惴不安的情緒。

車子進了自家車道，手提包內傳來電話響聲。方才駕駛途中就有人傳過訊息。我翻開包包裡面一張張沒包裝的紙巾——有個小男孩在身邊，紙巾永遠不嫌多——終於翻出了手機。

≫嗨，是我，提姆．瑞斯，從家長名簿找到妳號碼，希望不會太驚悚。

儘管很訝異，我還是嘴角上揚。能形容提姆的字詞還不少，但沒有變態這項。話說回來，他讀了家長名簿，想必也察覺喬許已經不是幼稚園年紀，卻不知道為什麼還肯跟我講話。

〉一點點而已。

他幾乎立刻回覆：

》我後來想到，傍晚喝咖啡好像會影響睡眠，不如這星期找一天夜裡喝小酒吧？

喝酒？比咖啡又更深入一點，非常像是男女約會的前奏。是我想要的發展嗎？

我自己也不知道。但倒是能肯定另一點：假如最後我覺得不合適，希望對方別再糾纏，提姆是做得到的那種人。此外我已經很久沒有工作以外的社交生活，偶爾稍稍放開一點好像也不錯，每天繃著也沒好處吧？

〉我和保姆商量以後再聯絡你。

想像和提姆共度愉快夜晚，一整天因為工作、因為事隔多年再與史恩接觸（加上下週還得幫他拆線，所以不得不碰面）累積的負面情緒忽然煙消霧散。年紀小的時候覺得提姆是世上最好的朋友，長大了應該還是能相處融洽。

與他斷絕聯繫將近十一年，內心並不好受。但也不是我願意。

進屋喊了兒子以後他卻沒有蹦蹦跳跳跑過來。我覺得是好跡象，要是他忽然很黏人才值得擔心。上學幾天以後喬許似乎變得有自信一些。

走到廚房，瑪姬又從烤箱端出美味佳餚，看起來是千層麵，放上檯子的時候還在冒泡。

「哈囉，瑪姬，」我打招呼說，「看起來好好吃。不過太忙的話也不用每天煮。」

「欸，是我自己愛下廚！」她回答，「我家小鬼長大的時候也是這樣天天做，自己煮菜能預防癌症喔。」

自炊有沒有這功效不大確定，但有人願意做菜再好不過，我不但不介意還巴不得她繼續，絕對不會認真勸阻。

「對了，」我問，「這星期有沒有哪一天可以留到晚上，幫我看著喬許？我想和朋友小酌，用不了太久就是了。」

瑪姬眼睛都亮了。「朋友，還是男人？」

我的天，不過雇用的時候就有預感她是三姑六婆的類型。「普通朋友而已。」

「男性的朋友？」

「嗯……」

「那就是約會啦！」瑪姬用力拍手，「太好了，卜珂！妳這種年輕單身的小姐就應該好好去約會！」

「不是約會！」我正色說，「就朋友而已，老朋友了。」

「別害臊。」

真討厭她那張圓臉上一副旁觀者清的表情。「真的不是約會。」

「嗯，為什麼不呢？」她朝我眨眨眼，「對方不好看？但醜男在床上厲害哦！」

我的天。「瑪姬——」

「玩笑話而已。」她打斷，「可是約會沒什麼不好呀，妳何必排斥呢。」

妙極了，還真給她一語道破我心境。工作家庭兩頭燒，總覺得自己已經沒有餘力。「找人約會的話，好像對喬許不是很公平。」

「別這樣想啊，」瑪姬說，「有父親對那孩子不是壞事。」

這話勾起心裡一陣鬱結。我總是努力為喬許做到最好，想要兼顧母親和父親兩種角色，然而先前去公園遇上別家孩子與父親一起遊戲，喬許眼裡的渴望我都看見了。

「明天可以嗎？」我問。

「沒問題。」瑪姬回答，「妳玩多晚都沒關係，我來教喬許做巧克力脆片餅乾。」

其實我有點想要婉拒提姆，留在家裡陪喬許和瑪姬一起做餅乾算了。可是瑪姬說得也對，我這年紀偶爾也該出門才對。於是等到瑪姬離開，我立刻傳訊息：

〉明天晚上方便嗎？

才眨個眼睛，提姆已經傳來答覆。

≫ 那就說定了。

12

十一年前

「來玩『好想做一次』！」茜爾希叫道。

吃過披薩之後，布蘭登給所有人調了叫做「螺絲起子」的酒，看起來就是伏特加混柳橙汁，味道好像油漆清除劑。

接著大家窩在客廳，兩兩一組圍著會搖晃的咖啡桌。史恩和我擠進小小的雙人座，另外四個共用一張舊長條沙發，他們坐下的時候還有羽毛飛出來。提姆在扶手旁邊，凱菈還是一直靠過去，兩個人大腿像是焊在一塊兒。茜爾希將腿伸到布蘭登膝蓋上，看上去兩個人很恩愛，不過她私下說過已經厭倦布蘭登到處偷腥，打算下次重要比賽結束以後提分手。

「『好想做一次』怎麼玩啊？」我問。

茜爾希雙手抱胸，好像覺得我很無知。「認真的嗎，卜珂？」

我聳聳肩，試著不讓臉頰發燙。和在場眾人、尤其男朋友相比之下我對飲酒或派對的經驗都不多，才第二次喝有酒精的東西，也不知道喝醉是什麼感覺。何況學年剛開始的時候我爸媽根本不敢讓我出門，崔西．基佛命案嚇死他們了。

「很簡單，」茜爾希解釋，「我先說一件自己從來沒做過的事情，你們誰有做過的話就得喝一杯。例如呢，我說『好想數學考滿分』，這時候你們兩個只會念書的——」她朝我和提姆指過來，「就得喝一杯。懂了嗎？」

布蘭登那雙大手在茜爾希腿上遊走。「不是什麼很深奧的東西啦。」

「嗯哼，」我回答，「懂了。」但我怕的是這遊戲會暴露自己什麼都不懂，幸好也不必擔心被挖出什麼小祕密。

唔，不多啦。

「咦，」凱菈低頭看著手機，「沒網路訊號。怎麼回事呀，史恩？」

「啊……」史恩回頭望著窗外傾盆大雨，「抱歉，這裡訊號斷斷續續，外頭一有風雨就常常收不到。不過如果有需要，還有室內電話。」

凱菈咕噥以後將手機拍在咖啡桌上，但一轉頭精神又來了，朝著提姆甜笑。不被手機分散注意力，她的心思終於能集中在提姆身上。

可是我卻覺得有點悶。

布蘭登搓搓手掌。「我起頭吧，但要我想出自己沒做過的事情還挺困難的呢。」

提姆與我對望不到一秒，接著他立刻翻了白眼。我忍著不敢笑出聲。茜爾希覺得布蘭登性感強壯，他也的確在橄欖球隊很出風頭，不過我實在很受不了他的言行。

「有了，」布蘭登舉起裝酒的紙杯，「好想……被人甩一次！怎麼辦呢，女孩子就喜歡我啊。」

茜爾希和凱菈都喝了，提姆和我沒動。史恩是我第一個認真的男友，所以我沒機會被人甩。但我轉頭一看，史恩居然也沒喝。看來能透過這遊戲對他多點瞭解。

輪了一圈，感覺好像每個人都在做告解。凱菈說她沒裸泳過，然後我赫然發現茜爾希居然有（顯然是和布蘭登一起）。史恩沒有在考試作弊過，所有人都沒喝。我說我沒用過假證件，布蘭登居然喝了一大口。幸好史恩沒跟著喝，而且看來他其實不是那麼典型的壞孩子。

「想到一個。」茜爾希的油亮嘴唇翹成不懷好意的笑，唇膏已經染紅杯口。「好想跟鄰居接吻。」

說這話的時候她眼睛停在我和提姆身上。提姆看看我，微乎其微地挑了眉，我也微乎其微地搖了頭，最後兩個人都沒拿起杯子。

茜爾希臉一沉。「不老實。」她低聲說。

她還真沒說錯，我和提姆沒坦誠。之前確實接吻過，但都好久以前的事情了。雖說是初吻，但根本不認真。

事情發生在進高中前的暑假，提姆到了我房間，我哀怨說自己都要上高中了竟然還沒跟男生接吻過。他說他也一樣慘，然後就有了個天才的想法——

我們練習看看！

雖然我總將他當兄弟，但也不會很排斥，畢竟長得挺可愛。所以沒想太多，我答應了。

而且我倒很慶幸自己練習過，否則第一次接吻好尷尬，手不知道要擺哪，眼睛不知道該睜開還是閉緊，鼻子也不知道什麼角度比較好。嘴唇接觸的瞬間我又開始尋思舌頭怎麼辦，放進他嘴巴？感覺很怪？可是不舌吻是不是更怪？後來提姆主動輕輕用舌頭點了一下，習慣之後也算舒服。

練了二十分鐘，似乎抓到接吻的訣竅了，也就這麼剛好我母親居然不敲門直接闖進來。

無論我怎麼解釋剛才只是練習，都不准我們兩個人以後獨處還關門了。

提姆和我後來不再提起這件事情，裝作從未發生過。因為只是練習而已。兩個人的小祕密沒有暴露，輪到提姆了。我一度看見凱菈的手偷偷摸到他腿上，但後來又縮回去了，不知道發生什麼事。提姆想了想，盯著紙杯裡的橘色液體緩緩開口。

「好想把別人打到送醫院。」

布蘭登失聲大笑，拿起杯子灌了一大口難喝的螺絲起子，接著手肘往史恩撞一下。「喝啊，聶爾森。」

他在我注視下有點扭捏地舉杯。

「史恩……？」我低聲問。

明明說好一口，布蘭登自己卻多喝。「沒什麼啦，是馬克那個怪裡怪氣的傢伙。他自找的。」

提姆揚起眉毛。「他自找的嗎？」

「我們聽見他偷偷把史恩媽媽講得好難聽，跟一樣怪裡怪氣的傢伙說什麼人家媽媽很火辣之類。」布蘭登解釋，「而且他整天跑去史恩媽媽工作的地方買一堆罐頭，你們懂意思吧。」

我瞥向史恩，他眼裡閃過怒意但沒講話。

「那傢伙真的很怪，」布蘭登說個不停，「你們知道嗎，他常常偷看女子更衣間！」

茜爾希在他手臂拍一下。「你們男生真的都混蛋！」

我忍不住一直盯著史恩看。他低下頭，眼裡怒氣已經退去。之前聽說過他國中時期很會鬧事，但本以為進入橄欖球校隊以後已經改過自新，看來提姆說得沒錯，骨子裡終究是個惡霸。

「只是打斷肋骨啦，」布蘭登繼續，「連住院都不必。」

「這樣啊，」提姆譏諷道，「只是打斷肋骨，而已？」

一道閃電劈下，照得布蘭登雙眼發亮，整張臉莫名陰森。他將紙杯重重扣在桌上，橘色液體濺出。「你也想試試嗎，瑞斯？」

「夠了，你能不能先閉嘴啊，布蘭登？」史恩低吼，之後轉頭看我。「那是年紀小不懂事，前一天輸了比賽，又聽見他在那邊說我媽的事情。畢竟是自己媽媽，所以……可是我也說了，就年紀小不懂事。」

提姆跟著朝我望，疑問全寫在臉上。這種鬼話妳也信？

我別過臉。

「卜珂？」史恩低聲喚我。

「就……」我摸了摸雪花墜鍊——每次一緊張就有這個動作。「別再做那種事情了。」

至少他懂得認錯。中學時代做些傻事不奇怪，所謂人無完人，更何況是史恩。

「知道了。」他用力清清喉嚨，「輪到我。」

大家拿起酒杯一起望向他。

「好想……」史恩說，「和崔西．基佛約會。」

一聲轟雷震得房子微微搖晃。史恩盯著提姆，提姆抬頭回望，兩人交換的眼神我看不懂。

大家端著紙杯原地發愣。崔西．基佛就是夏天遭到謀殺的那個女孩子，現場應該沒人認識。

可是提姆卻舉起紙杯喝下一口。

13

現在

真不敢相信。都這麼多年過去了，我居然要和提姆．瑞斯約會。

不對，我得更正自己：這並不是約會，只是以老友身分喝個小酒。客觀來說，提姆應該有對象，畢竟外表、言行都不差，也有正當工作，應該炙手可熱，怎麼可能沒人要？

但不知道為什麼，我就是覺得他單身。

本來想要各自開車，他卻說我們明明就差一個路口而已，就當作「為了環保」也該共乘。這番邏輯無懈可擊，尤其他還表態會親自駕駛。

於是我穿著黑色窄版牛仔褲與比較花的上衣站在自家門口等他。中學時代就沒有化妝習慣，現在也只上淡淡一層，主要是眼線和唇膏，不想給人太刻意的印象。

一輛白色林肯大陸停在門口。我先訝異於提姆怎麼開這輛車，接著驚覺駕駛座上是個白髮女子。她下車以後先將特大眼鏡頂回鼻梁，接著順了順粉紅色洋裝。

「卜珂？」女子張開雙臂彷彿要跟我擁抱，「卜珂！真的是妳！」

我一臉茫然。「妳是……？」

「艾斯黛！」她亮紅色嘴唇翹了起來，臉上脂粉可不像我這麼薄。「艾斯黛・葛林孛，我們在電話聊過。」

我暗忖不妙，可惜沒法躲回屋內。艾斯黛・葛林孛是房地產仲介，我父母遺囑預留了佣金請她代售並將所得轉交給我，所以我還在都會區的時候接到過電話。她表示會幫忙處理所有手續，如果我不想的話可以完全不必踏進瑞克鎮。

因此聽到我不想賣，甚至打算搬回來住，艾斯黛頗為吃驚。

「唉，卜珂，」她嘆口氣，「印象中的妳才這麼高而已！」

艾斯黛將手放在腰際強調我們多久沒見面。我忍著沒翻白眼。

「說真的，卜珂，」她自顧自說下去，「現在房地產市場正熱，妳不知道這房子我能爭取到多好的價錢。夠妳在市區買下夢想中的公寓了，甚至去住曼哈頓都沒問題。」

我額頭可能冒出青筋。「謝謝，但我不想賣。」

「房市泡沫總有一天會破喔。妳該好好考慮。」

「這我明白，」我嘴巴已經有點僵，「但我真的不想賣。」

「房子都那麼舊了，妳留著到底要幹嘛？」

艾斯黛那雙褐色眼珠子盯著我，好像真要我給個說法。她有這疑問也不無道理，畢竟我就是有了不愉快的回憶才離鄉背井，但話說回來又不是在這兒一直都不快樂？明明人生最幸福的那段日子就在這屋子度過，孩提時代的我過得多麼無憂無慮。

又或者，我心底其實還藏著一點青少年的叛逆。既然懷孕之後父母不讓我待在老家，現在我說什麼也要住進來。

「這究竟是我的房子還是妳的房子啊，艾斯黛？」我冷冷道，「我留著房子做什麼不需要妳來過問才對？」

艾斯黛的假睫毛眨了好幾下，對我的口氣非常錯愕。想必我身高只到她腰間的時候不會這樣子講話。

「那是妳父母的囑託，他們應該也很失望。」

其實他們會留房子給我都已經很不可思議了。之前他們每個月寄支票給我，但我不兌現就退回去，那時候起我就沒想過自己還會被列進遺囑。關鍵是他們沒有別的繼承人，所以我只是得到法律保障罷了。

我雙手抱胸。「艾斯黛，麻煩妳別再來問了。」

她大紅色嘴唇打開，我還以為這人想要繼續吵，幸好她踩著高跟鞋轉身走回車上。林肯大陸才開走，提姆的豐田普銳斯（Prius）隨後駛進車道。我趕快深呼吸沉澱情緒緩和焦慮，還算有效。

「哇，」提姆看我上了副駕座就開口，「好久沒看妳盛裝打扮。」

我扭了扭身子拉好安全帶。「哪有盛裝啊？」

「說得好，因為我也沒有。」

但其實他多少有顧及體面，換了淺藍色襯衫還打領帶。小時候總看他穿T恤牛仔褲，現在這造型很合適。

我沒特別請他進屋裡坐，他好像也不在意。帶個男人進家裡，不知道喬許會有什麼反應，尤其還是副校長？此外一個不小心或許就又引來風言風語。

「去哪兒？」我問。

「幾年前附近新開一間叫做『酢漿草』的酒吧，店裡安靜、菜色不錯，或者妳只喝啤酒也無所謂。」

我點點頭，暗忖上回見到提姆兩個人都還不到合法飲酒的年紀，如今歲數多了一大截。

「喬許在學校狀況還好嗎？」提姆問。

「還可以，」我回答，「交到朋友了。」

「那就好。換幼稚園滿辛苦的，能適應就好。」

我聞言一呆。本以為提姆既然看了家長名簿就會發現喬許其實五年級，但他居然不知道，還以為兒子才五歲。意思他還沒發現喬許的生父是史恩。

可以的話真不想對他提起。尤其等紅燈的時候他朝我露出那種眼神與笑容，我實在說不出口。

酢漿草就五分鐘車程而已。提姆將車停在店外，特地下來繞到我這兒幫忙開門，明明我都自己動手了。不是約會，但他仍表現非常紳士，實在討人歡心。紐約那邊的男人可不會這樣，看來要找有禮貌的還是得在上州物色。

店裡環境如預期，比較昏暗、空氣中有淡淡煙霧，座位很多、桌面多半濕答答的。我們找了角落入座，果不其然提姆也來為我拉椅子。

「你什麼時候變得這麼紳士了？」我開他玩笑。

「以前沒有嗎？」

「哈！」我悶哼，「你沒把我椅子抽走就該謝天謝地了吧。」

「卜珂妳這話太讓人傷心了。」他假裝捧著心窩說，「我怎麼可能會做那種事呢……除非妳自找。」

「是說……」我望著他那雙晶瑩剔透的藍色眼珠說，「你不必對我這麼客氣啦。包尿布的時候就認識了，也夠熟了吧？」

提姆挑眉。「以前是吧。現在就不知道了。」

我還沒想清楚該怎麼回應這句話，嬌小女侍者走過來要點餐。她T恤特別緊，挺著大胸部像是炫耀。長相有點面熟，不過鎮上很多人都給我這種感覺，或許曾經在學校見過。我點餐的時候故意讓頭髮散在面前，希望魚目混珠別被對方認出來。

離開前她卻伸出抹了紅色指甲油的手搭在提姆肩膀上。「待會回來喲，小提米。」

「謝啦，克莉。」

克莉？我腦海閃過不少片段——她也是啦啦隊員，但比我和茜爾希小兩屆。外表和高中那時候相比沒什麼變化，還是漂亮金髮與鵝蛋臉，只是胸部更豐滿。還好克莉不怎麼留意我，應該沒認出來。

她眼裡根本只有提姆一個人，那表情我絕對沒看錯，而且很訝異心裡居然有點嫉妒。明明那麼久沒和提姆聯絡，對他懷著佔有欲實在說不過去。

「其實我找過妳喔。」提姆等克莉拿著點單走開才告訴我。

我試著不動聲色。「是嗎？」

「可是妳很難找。」他隔著桌子打量，「連社群媒體都不用，嗯？」

當年基於我未成年，爸媽殫精竭慮不讓姓名出現在新聞報導。此外我還在學期間依舊受他們撫養，每個月給一張支票，不過和我自己端盤子打工的收入加起來也就剛好支付日常開銷一毛不剩，而且給錢還設了條件，叫我完全不可以使用社群媒體，所以無論 Facebook、Twitter 還是 Instagram 我什麼都沒有。我答應得很爽快，反正自己也不想出現在那些平台上，否則很可能碰到老同學。嘿，卜珂，之前妳是不是差點被男朋友殺死啊？好懷念那段青澀歲月啊。

「抱歉，」我回答，「得小心一點。」

「我懂，但我不一樣吧？只是想知道妳平不平安，怎麼都沒和我聯絡呢？」

肚裡孩子是殺人犯的種，懷胎九月期間我一點也不想與老朋友聯繫，即使提姆也不例外，但那種心情很難解釋清楚。「抱歉，」我又說了一次，「只是需要時間平復。」

他沉默下來思索片刻。「也對。」

女侍者和前啦啦隊成員克莉端著飲料回來，放在提姆面前的動作很小心，至於我這兒就很隨便，而且視線馬上轉回去。「小提米要不要點吃的？」

他抬頭一笑。「先不用。」

「連個洋蔥圈也不要嗎？」

提姆搖搖頭。

她眨眨眼。「水牛城辣雞翅？」

「不必……」

「炸薯圈呢？」

我的天，服務生就要把菜單上每個品項唸一遍嗎？還好提姆連薯圈也婉拒以後她乖乖走去別桌。

「我們高中的時候有見過她，對吧？」我問。

克莉在別桌等兩個女人點餐，很不耐煩一直在地上踮腳。提姆朝她瞟一眼說：「對啊，妳記性真好。」

「她剛剛是跟你調情吧？」

「其實……」他稍微壓低音量，「是和她出去過一兩次。」

我眉毛上揚。「真的？」

提姆聳肩。「沒什麼進展，就認識看看。」

「有沒有接吻？」

酒吧裡光線昏暗居然還看得出他臉紅，我忍不住笑了。即使雀斑褪掉，提姆膚色還是太白皙，很容易反映情緒。

「那時候她和男友暫時分手。」提姆解釋，「才跟我出去兩次，他們就又復合了。」

「所以你被甩了？」

「這哪算，才兩次約會。」他回頭偷看，克莉又去為別桌點餐。「何況就算他們不復合，我也不打算約第三次了，兩個人合不來。」

「唔，原來如此，沒想到你眼光挺高。」

「不是我眼光高吧！」他灌一口啤酒，舔掉上唇的泡沫。「只是在等對的人。克莉條件很好，但她不適合我。這很過分嗎？」

「一點也不會。」

提姆在玻璃杯的霧氣上亂畫。「妳呢？之前結婚了嗎？」

「沒有。」

「噢。」他點頭，「那喬許的爸爸……」

「就，」我脫口而出，「完全無法相處。」

何況對方犯了謀殺案被關一輩子。

通常說出自己是單親媽媽以後會招來同情目光，可是提姆的神情有所不同，而我看不大出那究竟什麼意思。

「聽起來很辛苦。」他過了一會兒才繼續說。

「還好。」

「倒不是說妳會過得不好啦……」

「話說，」我喝一口酒壯壯膽，「好像應該先表態，現在每天要操心的事情夠多了，所以單純交朋友而已，沒有什麼……進一步，之類的打算。」

「喔，剛好啊。」他往後倚靠，椅子被壓得嘎吱響。「跟我一樣，交朋友為主。」

「那就好。」

「很好。」

我隔桌子望著他，他朝我一笑。提姆是好人，一直都是。我相信自己這麼撂下話了，他也就會尊重我意願，不會堅持越過那條線。

畢竟十年之前，救我一命的人也是他。

14

星期天除了買菜買日用品沒別的事情好做也真是悲哀，購物行程成了我的週末重心。而且還是被喬許逼的。他發現家裡沒有棉花糖穀片了，特地用大寫字母標記在我貼在冰箱的購物清單上。昨天晚上提一次，今天早上看到只有原味穀片可以泡的時候又一臉生無可戀，接著反反覆覆說他多想看到碗裡面有棉花糖，最後甚至去購物單子上寫了第二次。

喬許還強調不必找保姆過來無所謂。最近他一直想多點自由，說實在的也是個大孩子了，我去超市才一小時，不至於照顧不了自己才對。所以我只好跑來找棉花糖穀片，順便採買些雞蛋、乳酪、麵包等等做儲備。

在農產品走道上翻看一顆萵苣的時候我感覺到明確的視線。回頭一看，是張熟悉面孔——酢漿草酒吧的女服務生克莉，前幾天剛見過。以前啦啦隊的隊友，不過有機會熟識之前我的人生就被攪得一團亂。

四目相交，這樣還視而不見就太假了，我便猶豫地揮了揮手。「嗨……」

但她視線銳利得好比刀子。「我記得妳。」

我聽了一呆，不知該如何回應。意思是她記得我和提姆去喝酒？還是她記得那些陳年舊事？希望是前者。

「之前妳和提姆一起喝酒。」克莉繼續說。

我鬆了口氣。「唔，對呀。」

她嘴角噘起來一臉嫌惡。「妳和他是什麼關係，該不會是女朋友？」

「不是。」我趕快澄清，雖然立場上並不需要對她解釋，但最好趁她伸出紅色指甲剜我眼珠子之前逃離超市。「提姆和我只是老朋友而已。」

「我看起來怎麼覺得不只呢。」

「真的。」我朝她背後偷看一眼想知道有沒有警衛可叫。「妳對提姆有興趣的話儘管追，我不會介入。只是聽他說，妳好像有男友了。」

一股怒氣在克莉臉上炸開。「他和妳提了我的事情？」

不妙。「沒有說太多，就只是你們出去過，但後來妳有對象了而已。」

克莉看上去怒不可遏，如果她總是這麼情緒化也難怪提姆不想深交。之前她在提姆面前溫柔體貼就是了，兩個人交往的話大概也會把戲演好演滿直到演不下去。

「先提醒妳一句，」克莉話鋒一轉，「提姆常常帶女孩子去『酢漿草』，別以為自己多特別。」

是嗎？不知道為什麼聽了這句話有點難過，或許我真的期待那夜不只是喝酒敘舊吧。「剛剛說過了，我和他並不是去約會。」

克莉眼睛微閉，嘴角下垂。「我們以前是不是見過？總覺得妳好面熟。」

我盡量面無表情。「不太可能，我才剛搬來。」

這是客氣告退的好時機，免得真被克莉想起來什麼。但她忽然將眼睛瞪大得像碟子，我明白終究是遲了一步。

「是妳！」她彈彈手指，「叫做……布麗什麼的嗎？讓史恩・聶爾森去坐牢的那個人。」

記得住明星四分衛卻記不住我名字，也是理所當然。我起初考慮要不要否認到底，但總覺得抵抗毫無意義，她其實已經認出來了。「都很久以前的事情了。」

「太離譜了。」克莉激動到口水濺出，「我瞭解史恩，他人很好，絕對不可能做出那種事。」

將史恩送進監獄這件事情上，她心愛的提姆・瑞斯出了更多力。我是可以直接說出來，可惜沒有意義。人家和我不同，帥哥做什麼都沒問題。

而且她會袒護史恩並不意外，我習慣了——瑞克鎮很多人，尤其那些與史恩有交情的人，都很不諒解我怎麼可以做出對他不利的證詞。畢竟是橄欖球明星，人見人愛，連我自己都當過他女友，旁人眼中彷彿史恩是遭到設計陷害。正因如此，即便沒有別的理由，我指控他之後也沒辦法繼續待在這鎮上了。

可是我必須上台作證、必須說出那一夜的真相，才不會讓殺人凶手逍遙法外。

「那一夜妳不在場。」我淡淡道。

「不在場也知道是妳搞錯了，」她駁斥，「史恩是清白的。」

「不對，」我回答，「他不是。我很肯定。」

不等她爭辯，我扭了手推車往另一邊掉頭就走。經歷過那些風風雨雨，沒必要讓一個自以為是的傻丫頭再來撩撥。我用最快速度穿過走道，幾乎憑記憶就拿了清單列出的東西。

回到駕駛座，才想起我漏了最關鍵的棉花糖穀片。

15

十一年前

「你和崔西．基佛約會過？」

凱菈的聲音變得又尖又細，感覺再高個幾度就只有狗能聽見。不怪她，我自己也很錯愕，提姆不只約會過，對象還是崔西．基佛？怎麼回事，我這個鄰居什麼時候和死掉的女孩約了會？

「兩次，」提姆表情好像想鑽進沙發縫躲起來，「而已，沒什麼大不了。」

「沒什麼大不了！」凱菈叫道，而且大腿從提姆那邊縮回去了。「說什麼啊，這是大事啊。」

提姆很不自在。「沒怎樣吧。」

布蘭登輪廓深，冷笑起來特別猙獰。我一直覺得他很像約翰．休斯電影裡面那種富家少爺。「真是小看你了啊瑞斯，幹得好，那你和她上本壘了沒？」

「沒！」提姆臉紅了，「不是說了才出去兩次嗎？」

「兩次剛好啊。」布蘭登答道。

「拜託，」提姆搔搔微微豎起的短髮，「就說了沒什麼，什麼都沒發生。在圖書館認識，聊了一會兒，約出去見面兩次，之後就沒再回過我電話。」

「那是因為人死了吧？」茜爾希說出口。

大家一口一個問題，只有我不知道該說什麼好。無論如何都想像不到，可是史恩又是怎麼知道的呢？他一定早就知情，否則剛才講出好想做什麼的時候就不會直接盯著提姆。我瞥向史恩，發現他那雙旁觀冷眼裡藏了一絲笑意。

「警察沒找你做筆錄？」凱菈問。

「沒。」

「警察知道你和她出去過嗎？」凱菈追問。

「我怎麼知道他們知不知道。」提姆在沙發上扭了扭身子，「而且警察知不知道都沒差，就說了沒發生什麼。才約會兩次，而且是她身亡前一個月左右的事情了。」

「應該說，」茜爾希糾正，「她遇害前吧。」

提姆用眼神向我求救，但我忍不住別過臉。我自以為是世界上和他最熟的人，結果卻不知道這麼嚴重的一件事，所以內心大為動搖，不知如何自處。

「你應該主動聯絡警察，」凱菈說，「把知道的事情都告訴他們。」

提姆苦著臉。「我什麼都不知道，要和警察怎麼說？」話一說完他就從沙發跳起來朝廚房走，推開門以後躲進去不見蹤影。

「哇……」凱菈低呼，「人不可貌相。」

我受不了她們對提姆又是揣測又是議論，從雙人沙發起身跟著走向廚房，心裡很清楚史恩盯著自己背後，但我沒有轉頭看。

昏暗廚房裡，提姆靠著檯面，低頭盯著生鏽水槽，好像光是不崩潰就用盡全力了。這種模樣我以前見過，十二年前他家狗狗大黃得了癌症擴散全身，最後必須安樂死，當時提姆也是這個表情。

「嘿，」我開口。

提姆轉身，臉正好被閃電照亮。「嘿。」

「你還好嗎？」

雷聲震耳欲聾，房子又搖搖晃晃。「抱歉，和崔西出去的事情沒和妳說。」

「為什麼沒提呢？」

他兩隻手掌在臉上摩擦一陣。「慌了吧。剛暑假的時候出門，才一個月她就死了。說不定我是最後一個陪她出去的男生。而且……別人知道了，一定會起疑，但偏偏我又不知道什麼對案情有幫助的細節。」

雖然合理卻又令我有些不安。既然清清白白為什麼不敢跟警察交代，一定要隱瞞？

「聽到消息以後我覺得好可怕。」他又低著頭，「我和崔西不適合，但她為什麼就死了呢？明明是個不錯的女孩子，我知道以後很難過。」

「嗯，」我嘆息，「一定的……」

「史恩怎麼知道的我不清楚。」他面色一沉，「更不懂為什麼他能藏在心底這麼久，好像就等這個完美的時間點說出來讓我難堪。」

我蹙眉。「他應該不是那個意思。」

「妳又知道了？」提姆悶哼，「卜珂，我只是和女孩子出去玩而已，他呢？不分青紅皂白就把別人打到住院，妳真的想和這種人在一起？」

我給他問得臉都皺了。「他不是也後悔了嗎。」

「睜眼說瞎話！」提姆提高音量，我好擔心就算關著門客廳那邊也能聽見。「史恩．聶爾森就是個流氓敗類，他是後悔被妳發現了，怕妳不跟他上床。」

我臉頰好燙。提姆討厭史恩我知道，可是沒想到他會對我說出這種話。「才不是！而且你有什麼資格說那種話？」

我們瞪著彼此好一會兒，感覺眼睛下方的肌肉跳個不停。後來提姆先退讓。「抱歉，」他吐了一口氣說，「對不起，卜珂，我不該那麼說。」

「你知道就好。」

「我只是擔心。」畢竟我和提姆也那麼熟了，看得出他眼裡的恐懼很真實。「妳和史恩在一起我總是提心吊膽，怕妳會出事。」

「出事？」之前總以為他只是怕史恩不老實。「什麼意思？」

「卜珂，聽我說，」他壓低音量，「史恩他——」

提姆來不及說完，廚房門被打開，史恩一頭亂髮斜嘴微笑站在門口，模樣比平時更帥。

「那個，卜珂，」他問，「妳不出來了啊？」

很難不注意到他只問我，沒有將提姆包括在內。「要啦，」我轉頭望向提姆，「回去吧？」

提姆板著臉。史恩闖進來之前，他好像有什麼重要的事情想告訴我，但現在不方便說了。其實我也不大想聽，提姆和史恩之間的對抗意識太幼稚了，但那不是我造成的，他得成熟點。

「嗯，」提姆過了幾秒才說，「走吧。」

16

現在

今天要給史恩額頭傷口拆線。

前一夜我輾轉難眠不停想著這件事，夢中回到了舊農舍，項鍊鎖緊咽喉，檀香氣味撲鼻而來。接著一聲驚雷與許多聽不清楚的雜音迴盪耳邊，我……醒來了。

第三次滿身冷汗驚醒之後我覺得索性別睡，起來泡了咖啡，看看時間才凌晨四點，精神也絲毫沒有回復。也罷，疲憊中與史恩碰面或許驚恐也會少一些。

大約下午兩點鐘，懲教員杭特領著史恩穿過長走廊來到診間外面等候區。還有兩個人，手腳仍被銬著的他就先坐下。不出所料，看見他在外頭我就心神不寧，開始一直請病人重複他們才剛告訴我的事情。

輪到史恩，杭特扣著他手臂拉起。雖說他手腳受到拘禁是需要別人幫忙，杭特的動作顯然過分粗暴。更奇怪的是為什麼只要是史恩就得手銬腳鐐全副配備？上次我以為是剛和別人打架，但今天還限制成這樣又怎麼回事？

獄方認為史恩這麼危險嗎？前幾天我還見過一個手腳都被拘束的囚犯，但那人臉上滿滿的仇恨符號刺青，嘴角總掛著一副獰笑。

不過怎麼會是我提出質疑呢？史恩當然是危險人物，我身受其害還不清楚嗎？

但他搖搖晃晃走進診間，連爬上診療台都很吃力，臉上表情很痛苦，看了實在感受不到威脅。他滑了一跤，還向我道歉：「對不起我動作比較慢，銬成這樣不太方便。」

你活該。話到了嘴邊我卻說不出口，而且有損專業形象。

所以我只是咕噥：「盡快就是。」

史恩上了診療台還是重心不穩，我又一次伸手攙扶。他朝我露出感激的笑容，樣子與當年如出一轍。我兩頰熱了起來趕快別過臉。

「謝謝，卜珂，」他開口，「真的。」

「嗯哼。」我又悶哼回應。

「好了，來吧。」

史恩舉起銬在一起的手想要抓抓鼻子。我忍不住問了埋在心底一整個星期的疑惑：「為什麼這樣對待你？」

他挑眉。「哪樣對待？」

我朝他手銬撇了撇頭。「我幾乎沒看到別人被銬得這麼徹底，但罪名應該不比你輕吧。」

史恩斜著嘴笑了笑。「喔，因為我最惡劣嘛。」

我瞪著他。

「妳應該就是這麼想的才對？」他指尖摳著卡其色囚犯服，「覺得我是禽獸，一切都是罪有應得？」

史恩那雙褐色眼眸注視我，這次我不再迴避。「不想說就算了，是你的權利。」

本以為他會反唇相譏，但史恩只是雙肩垂下之後朝門口瞟了一眼。警衛就在門外。「想知道為什麼總是把我銬成這德行？因為他討厭我。」

「誰？」

「杭特啊。他恨透我了。」

「為什麼？」

史恩一邊肩膀聳了聳。「我哪知道呢，可能長得像他眼中釘吧。有時候人與人處不來不需要理由，可是一邊是囚犯、另一邊是懲教員的時候麻煩就大了，會過得生不如死。生殺大權都在他那邊。」

你死了最好。心裡這麼想，但覺得說出來又是何苦。我曾經滿懷怨懟，見了史恩一定往他臉上吐口水。然而過了這麼多年，怒氣已經受到控制，畢竟他人都進監獄償還自己的罪孽，往日種種都如過眼雲煙。

即使我希望他受苦，心願也已經達成。他日復一日困在這兒無法離開，還被一干警衛當作人渣敗類，即使遭到毆打也不能還擊否則下次會更慘。每天夜裡，他都面對狹小空虛的牢房。這樣活著也算是人間地獄了。

「這星期還好嗎？」史恩趁我撕開拆線工具包裝時問。

「嗯。」不與此人對話。

「在這裡上班還愉快？」

「嗯。」這是實話，雖然多少會怕囚犯、也想念高跟鞋，我的確覺得在這兒工作頗有成就感。另一方面，我也得讓史恩明白自己不怕他。「獄友人不錯。」

「呵，對妳當然不錯。」

我在膽量容許範圍內靠近史恩。可以的話當然不想，但拆線總是不能離太遠。「對你就不好嗎？」

「妳不正看著我額頭的傷口嗎？」

我用鑷子挑起第一根縫線剪斷。「以為是你撞到牆。」

「唔，好吧。」

第二根。「我兒子去年在學校被人霸凌，欺負得很慘，都被打出黑眼圈了。」

史恩眨了眨眼睛。「才幼稚園就打出黑眼圈？」

我一時無語，想不通自己為什麼要跟他聊這些。明明五分鐘前才在心裡發誓不跟這人提到私生活，尤其不該提到兒子。

我和他的兒子。

如果他發現真相，會是什麼反應？驚悚一夜過後幾星期，我開始在浴室嘔吐。起初猜想是不是吃壞肚子而已，但症狀沒有好轉，最後不得不面對現實做了檢驗。看見驗孕棒上兩條藍線時我的世界一陣天旋地轉。

別無選擇，總是得告訴父母。他們認為我該墮胎，但我不願意。雙方共識只在於不要告訴史恩，因此出庭作證時也特別挑選服裝，不讓任何人看見我小腹微凸。審判結束後，我離開瑞克鎮再也沒回來過。

直到現在。

史恩盯著我一臉好奇。我得說些什麼圓謊，所以笑著聳肩。「現在小孩長得比以前快。」

「可以想像。」

之後我沉默不語靜靜拆線。挑起最後時我又靠得近了些，忽然發覺他怎麼一直低著頭。順著他視線一看……

天吶。我上衣領口太開了，史恩的角度正好將我乳溝看得一清二楚，而且這男人竟然也毫不避諱。

我大聲乾咳，史恩趕緊別開眼睛。「唉呀……抱歉。」

別的囚犯也這麼吃過我豆腐，但會道歉的他是第一個。「別再犯了。」我厲聲說。

「因為……」他抓抓泛紅的頸子，「妳也知道的，這兒又沒什麼……女性。而且我後來沒有……」

夾起最後一根線，我站直身子。史恩想說的我當然明白——他沒再碰過別的女人，而且這輩子都別想。

「對不起，」他又道歉，「太失禮了，我……該自制才對。」

說什麼鬼話，十一年前就該好好克制才對吧？當年控制住的話也不必被關進來了。我沒搭理他，隔著乳膠手套輕輕摸了傷口。「回復得還可以，雖然會留疤但不至於太嚴重才對。」

「留疤就留疤，不過還是謝了。」史恩遲疑兩秒，「另外也抱歉上次多嘴了，關於那天晚上的事情……」

我雙手扠腰。「終於承認了是嗎？」

「不是。我沒殺人，但我明白妳並不願意面對自己的誤解。」

怎麼有臉說這種話，道歉只是個幌子，真正目的是要釣我聊更多。我赫然想起伊莉絲在病歷留的註解：愛耍心機。

「史恩，我本人在現場。」我把裝著縫線的小碟子丟進垃圾桶，剪刀與鑷子放回收利器的盒子。「發生什麼事情我心裡有數。」

「不對吧，妳自己說過，妳什麼都看不見。」

我啪一聲拔下手套。「不是你的話會是誰呢？」

「這一點妳才真的心裡有數。」

我搖搖頭。

「是瑞斯。」史恩好不容易引起我注意，眼睛瞪得非常大。「除了他沒別的可能，當時只有他——」

史恩指控提姆不是第一次，當年辯護也以這點為主軸。然而十年前無法說服陪審團，十年後自然也不可能說服我。我在他眼裡就這麼傻嗎？

「夠了，史恩。」我低吼。

「拜託，卜珂，請妳相信我真的——」

「夠了！」

聽見我的叫聲，杭特立刻衝進診間準備動手。他站在我旁邊顯得特別高大，臉上浮現一抹冷笑，兩側腋下都有半圈汗漬。「怎麼回事，出問題了？」

史恩雙唇緊閉。我也搖搖頭，總不能讓杭特發現我與他曾有過交集。「沒事，別擔心。」

杭特雙目微閉，緊緊瞪著史恩。「處理完了？」

「嗯，拆完了。」我克制情緒說，「帶他回去吧。」

杭特立刻點頭。「好，走吧。」

我遠遠看著他們。杭特扣著史恩手臂將他從診療台拉起，可是下來有個小台階，腳被銬住難以維持平衡。史恩跌下來，額側在我辦公桌敲出好大一聲。

我本能跳起來衝過去查看。史恩在地上呻吟，眼睛還睜開著，不過意識模糊，髮際線下又腫起來了。

以前在橄欖球場練習的時候也發生過類似狀況。那天我和朋友茜爾希在場外，史恩被對手一記截鋒狠狠撲倒在地。我好怕他受重傷，趕緊跑過去查看，覺得緊張得心臟都要蹦出來了。還記得自己抓住史恩的手，他忽然掐了掐我睜開眼睛，我整個人鬆了一大口氣。也就是那當下，我意識到自己喜歡史恩．聶爾森。

「你在幹嘛！」我朝杭特罵道。

但杭特對於自己可能造成囚犯腦震盪絲毫不以為意。「放輕鬆，只是個意外。」

我觀察史恩的臉，他眼瞼眨動的模樣與多年前倒在球場時如出一轍。「史恩，沒事吧？」

「沒事。」他低聲回答。

「聶爾森很結實，」杭特又開口，「不會怎樣。」

氣氛已經夠糟糕的時候腳步聲傳來，接著朵洛瑟探頭進入診間，鼻梁還掛著那副半月眼鏡。她從鏡片上緣望過來，一副在場都是犯人的眼神。

「吵什麼呢？」她開口問。

史恩掙扎起身，但頭撞到了又被上鐐銬所以行動非常困難。我轉頭望向朵洛瑟說：「杭特懲教員害這位聶爾森先生摔倒，病人頭部受到嚴重撞擊，看來應該腦震盪了。我想今天晚上得讓他住病房觀察才行。」

杭特似乎這才意識到事態不妙。「不是這樣的，朵洛瑟。我只是幫他起身，但他自己絆倒了，不是我故意。」

朵洛瑟那雙藍眼睛上下打量杭特之後，然後在診間掃視一圈推敲來龍去脈。我屏息以待，可是心想這老女人對囚犯並不友善。

「馬可斯你搞什麼？」她語氣銳利起來，「聶爾森來看診為什麼要上手銬腳鐐？他又沒風險。」

「我認為他有。」杭特回答。

「你的根據是什麼？」她反駁。

杭特回答不出來，我稍微安心些。朵洛瑟兩條肥臂膀交叉在胸前怒目相向，明明我又沒做錯事。

「馬可斯，立刻給他解開。」她沒好氣道，「卜珂，今晚讓他住房。你們兩個能處理吧，總不會還要我收爛攤子？」

杭特與我互望一眼，他露出想一掌將我拍倒在史恩旁邊的神情，幸好我並不是瑞克監獄的囚犯。

「我們處理。」他悶哼。

「很好。」

我扶史恩起身，杭特掏出鑰匙還遲疑一下，朝我這兒瞟了眼才給他解開鐐銬。看著鑰匙插入鎖孔，我下意識伸手撫著自己脖子。想起上回與史恩同處一室差點被他勒死，忽然間我不確定自己是否希望他雙手鬆綁。

史恩沒什麼大動作，卸下手銬以後只是揉揉兩腕，然後一臉解脫的表情，不但不想攻擊我，甚至沒有立刻起身站好，彷彿處在失去意識的邊緣。

「能自己走嗎？」我問。

他揉揉腦袋：「應該可以。有點暈而已。」

杭特和我一起攙扶史恩走到病房躺在床上。他撞到的地方越來越腫，短短一段路就因為太暈停了兩次。我又想起他想殺死我的那一夜——和今天一樣，史恩撞到頭，後來到場的急救員提出證詞。他聲稱在我遭到襲擊前就已經昏過去。

過去十年間，我確實也曾經好奇他說的是不是真話。

但，不可能，否則就代表當年想殺我的人依舊逍遙法外。

17

十一年前

又玩了幾輪「好想做一次」之後六個人都醉醺醺，沒人記得提姆與遭到謀殺的女孩約會過，凱菈繼續朝他拋媚眼。起初他還會委婉推開，後來也順其自然了。布蘭登和茜爾希只差沒直接在沙發做愛給我們看。

「喂，」史恩朝他死黨肩膀捶一拳，「要親熱去樓上，別在沙發！」

布蘭登竊笑。「那去你媽房間嘍？」

史恩聳聳肩，我倒是心想別人先佔走聶爾森太太的房間最好。要是換成我，儘管床比較舒服，卻會一直意識到房間主人是史恩的母親。

他轉頭看著我的時候眼皮有點睜不開。「要上樓了嗎？」

我肚子忽然不大舒服，想推給伏特加但自己心裡有數，畢竟我其實連一杯螺絲起子都沒喝完（布蘭登一個人就喝了六杯）。現在才後悔沒多喝些，或許就不會這樣緊張了。

「好啊。」我回答。

史恩拉起我的手，手掌光滑溫熱，觸感很束縛。我讓他牽著走出客廳，上去二樓。木階梯在我腳踏上去的時候還微微搖晃，感覺一個不小心可能會塌掉，雖然今天還不至於才對。

上樓時總覺得被人盯著看，彷彿有道視線停在頸部。我轉頭以為會是提姆，結果他在沙發上與凱菈打得火熱。是該為他高興。

進了史恩房間，他關上門，我的緊張又提升一個層次。房間擺設就是普通大男孩住的地方，一張加大單人床墊放在排骨床架上，黑白條紋毯子沒折好隨意丟著。角落有一堆髒衣服，恐怕是因為我要進來才刻意「整理」的結果。牆壁油漆剝落不少，貼了兩張樂團海報，衣櫃頂端排列著獎盃，外頭閃電時特別耀眼。

他伸手按了開關，但燈泡閃爍一秒就熄滅。史恩低聲罵道：「看樣子又停電了。」

「喔。」我雙手交握掌心冒汗，雖然以前也曾經與他共處一室，但都是聶爾森太太在隔壁或隨時到家的情況，不像現在真的只有兩個人。「那我們要不要……？」

「無所謂啦。」太暗了，我連史恩的寬肩起伏也幾乎看不到。「反正大家都要睡了，到早上應該會有電。」

「嗯，」我輕輕揪著雪花墜鍊，「應該吧。」

他又伸手過來要想將我攬到床上，但並沒有用力推倒。我坐在床的邊緣，他也跟著坐在隔壁，指尖輕輕沿著我下顎曲線遊走。

「卜珂，我唉妳。」

我身體微微顫抖，心裡則是一場興奮。「我也唉你。」

史恩嘴角揚起。「好。」

「我，呃……」我清了下喉嚨，「抱歉，史恩，我超緊張，因為……你懂的，我沒有……」

「嗯。」他回答，「我也沒有。」

我不可置信看著他。史恩這話意思是……「你沒跟人上過床？」我脫口而出。

「沒……」他皺眉，「沒啊。」

「但你……」我很動搖，史恩明明和其他女孩子約會過，儘管關係都不久但數量很多，而且一大半不是所謂「比較隨便」的類型。加上史恩很帥吧？他好朋友布蘭登光是和茜爾希交往期間就睡了至少五、六個女孩——這是茜爾希的說法。

「我……我也不知道。」他表情忽然很沒信心，「就覺得一夜情很蠢，想要找個真正喜歡的。這樣很奇怪嗎？」

「不會。」我掐掐他膝蓋，心裡還是緊張，但聽他說老實話之後感覺好多了。再怎麼害怕，兩個人一起總能摸索出答案。「不會很奇怪。」

他掐掐我的手。「卜珂，我愛妳。」

過兩秒我才意識到這次他不是開玩笑地說「唉」，而是認真地說了「愛」。

「我也愛你。」我輕聲說。

史恩湊過來。「我要讓妳知道我有多愛妳。」他做到了。

18

現在

下班前我得去病房看看史恩狀況。

今天病房很空。早上還有兩個病人，但都康復到一定程度所以下午送回牢房。目前只有史恩一個人在，靠牆的其他五張床都空著。

正常傍晚會有護理師，但值班時間還沒到，進去的時候只見到我不太有印象的警衛。他站在門外讀一本很厚的平裝小說，留意到我也只是點點頭又馬上沉迷情節中。我看了下書名，居然是《白鯨記》。

病房燈光弱，外頭太陽也下山了，所以裡面非常昏暗。從門口勉強看到史恩躺在倒數第二個床位，靠近以後就能好好觀察他英俊的面孔。微光中他真的與年輕時一模一樣，是我初戀愛上的男人。

史恩眼睛閉著，我胸口忽然湧起一陣恐慌：兩小時沒來查看，萬一他腦出血躺在床上失去意識該怎麼辦？先前離開病房時，史恩神經狀態看似穩定，然而兩小時可以發生很多變化。作為最後一個經手的醫療人員，責任全落在我頭上，何況本來就是我決定將他留下來觀察而非送醫院掃描。要是他死了，就是我害的。

我幾大步竄向病床，人就站在旁邊了他還是一點反應也沒有。

「史恩？」我開口叫喚。

他眼瞼剛才抖動了嗎？無法肯定。拜託只是睡著，千萬別昏迷。

「史恩——」我不僅叫他名字，還搖了搖他肩膀。

他睜開眼睛的時候我一放鬆有種腿軟的感覺。沒事就好。

「唔……」他出聲，「卜珂妳來啦。」

清醒，而且認得我。「嗨，」我說，「就……擔心你會不會昏迷之類。」

「沒事，睡著了而已。」他按了扶手處按鈕抬高病床坐起，「妳擔心我啊？」

「不是。」我有點答得太快，「也算是吧，我在想你需不需要做電腦斷層掃描而已。」

嘴上這麼說，但我察覺自己心裡並非如此。沒錯，我怕自己犯下醫療疏失，我擔心他就像擔心所有病患一樣。但我之所以慌張成這樣只有一個原因，那就是他說得對——我擔心他的安危。

而我並不明白自己為何要擔心。

長久以來我對這男人只有一種情緒，就是恨。我恨他對自己、對朋友做了那些事情，恨他將我的世界攪得天翻地覆卻讓我一個人收拾殘局，恨他沒骨氣承認罪行逼得我必須出庭作證反覆重述那段可怕遭遇。

但看看現在的他，摔一跤將額頭撞出個大包，卻只能孤伶伶躺在病床，那雙褐色瞳孔充滿哀怨。

我……

我不是……

「得做一下神經檢查，」我清清嗓子，「確定你沒事。」

「請便。」

我按程序確認他兩眼瞳孔大小相等、身體沒有某一側特別無力，然後詢問基本問題確保認知能力無礙。檢查途中我忽然意識到這是工作以來第一次在他沒有鐐銬的情況下互動，若史恩有那個意思隨時可以扣住我頸部用力掐死，警衛趕到已經來不及了。但事實上我卻不擔心他會那樣做，一絲恐懼也沒有。

「過關了嗎？」看我退後，他就開口問。

「過關了。」我回答。

「那就好。」他朝牆上時鐘點頭，「可以的話我想晚餐時間前回去，今天菜色是墨西哥塔可餅。」

我忍不住笑了。「塔可星期二[6]嗎？」

「猜對了。」史恩在床上換了個姿勢，「能的話不想錯過，我很唉吃塔可餅。」

一股氣哽在我喉嚨。唉吃塔可餅？我和史恩多久沒用這個字開玩笑？那是只屬於我們的默契。想起自己最後一次說唉他，心裡免不了充滿惆悵。

儘管史恩．聶爾森的罪行天理難容，但犯錯之前我確實唉過他。應該說我愛過他。

趁他來不及看清楚表情我就將臉別開。「別擔心，我會叫人送餐過來。」

「那就好。真的很謝謝妳，卜珂。真的。」

「嗯……」

史恩朝背後伸手。枕頭薄得跟煎餅一樣，床墊也太硬，他調整半天好像還是不舒服。我在旁邊觀望片刻之後還是出手幫忙了。

為他挪枕頭的時候，兩個人的臉自然會靠近，比之前縫傷口的時候更近。我本能期待嗅到檀香，但現實中只有肥皂與刮鬍泡的氣味。已經超過十年沒和史恩身體緊緊相連，最後一次接觸的結果不只我失去童貞，他也是。

完事之後我充滿幸福感，覺得能將第一次獻給自己深愛的男孩真是美好。

一瞬間的四目相交，我意識到此刻病房內只有我倆。雖然門外有警衛，出了什麼事會立刻衝進來，不過聲音小的話他聽不到。

譬如，史恩湊過來吻我。

我猛然向後彈一步，訝異自己腦袋怎麼會有那種畫面。有毛病嗎？史恩．聶爾森曾經想殺我，這頭禽獸為了償還殺人罪孽才一輩子被關。就算我能寬恕，也不應該……

我用力乾咳，聲音在空蕩幽暗的病房迴響。「應該就這樣。」

「好，謝謝。」

「晚餐的事我會去問。」我講話聲音好尖銳，不像平時的自己。

史恩嘴角上揚。「是塔可喔。」

「嗯，塔可。」

「謝謝，卜珂。」他凝視我，「謝謝妳幫我這麼多。」

「不客氣。」

我努力移開眼睛，踩著樸素平底鞋咔噠咔噠穿過亞麻地板走出病房，始終覺得史恩的目光停留在自己身上。

❻ 美國文化，許多塔可餅店家在週二推出優惠（塔可和星期二都是T開頭）。

19

在病房與史恩接觸過後似乎就止不住顫抖。

恨了他超過十年，期盼他在監獄裡受苦，認為一切都是他活該。可是上星期重逢，儘管他頭上沒長角、背後也沒多一條惡魔尾巴，我仍不斷告訴自己：這是當年想殺死我的人。

直到今晚，我忽然又在他身上看見當年深愛的男孩。

走入監獄停車場的時候腦袋裡只剩一個念頭——回家享用瑪姬烹調的美味家常菜，然後鑽進被窩。可能應該先泡個熱水澡才對。喬許還小的那幾年連泡澡都不行，沒別人幫忙看著小小孩的話我不敢消失那麼久，現在他獨立了我卻又捨不得。

距離車子大約六英尺時，忽然一隻大手扣住我臂膀。我十分錯愕，本能身子一轉就要和對方周旋，沒想到出現在眼前的人竟是懲教員馬可斯．杭特。

離開監獄圍牆他反而更有壓迫感，除了比我高大之外嘴角總掛著一抹冷笑，二頭肌幾乎和我大腿同樣粗。看起來身上沒武器，但說真的他也不需要，單手就能制伏我。

尤其現在停車場內沒有別人。「卜珂，」杭特開口，「我有事想跟妳說。」

「我倒是沒什麼想說。」我沒好氣道。

「別這樣……」

我在揹著的肩包裡藏著一瓶胡椒噴霧，問題是我沒把握取出來之前不會被壓制。「放開。」

「卜珂——」

「再不放手，我要尖叫了！」

杭特張大眼睛，似乎這才意識到自己現下的舉動多失態。他放開我之後將手掌亮在半空。

「抱歉！我不是想嚇妳，只是希望能和妳聊一下。」

不是想嚇我？他完全不懂嚇這個字是什麼意思嗎？史恩每天無時無刻都要與這人為伍，還真是難以想像。

「拜託，卜珂，」他繼續攤著手掌退後一步，「只是想講幾句話。」

我一點也不想和他廢話，只想回家填飽肚子，或許洗個泡泡浴。但畢竟杭特是同事，與他鬧僵沒好處。加上確實也好奇他到底想說什麼。

「好，」我回答，「你要說什麼？」

「卜珂，」杭特額頭皺起來，「今天聶爾森摔倒我很抱歉，但我並不是故意的。」

「嗯哼。」

「是真的。」他用力搖著那顆大光頭，「而且就算我故意也是他活該，妳知不知道他幹了什麼事情才被關進來？」

我可清楚了。「獄友哪個沒犯罪……」

「不一樣。聶爾森不同。他……他心機很重。」

伊莉絲也在病歷註記這條，甚至劃底線。「我沒看出他有那種傾向。」

「當然，會被看穿就不叫心機了。他設局贏取妳信任，但妳不能隨便相信他。」

我探頭仔細打量，杭特的表情不像胡說八道，似乎發自肺腑。問題是他的肺腑之言我就得信嗎？

「我不會中他的計。」

「伊莉絲也這麼說，現在還不是自己進監獄去了。就算不坐牢也會被吊銷執照。」

這話什麼意思？史恩欺騙伊莉絲，害她身陷窘境？從我的角度很難相信，畢竟伊莉絲自己還在病歷寫下那句話。再來史恩沒有對我耍手段，上星期主動想給他止痛藥還被婉拒了。「不勞你擔心。」

「我確實很擔心。」杭特望向我背後的豐田汽車，「我也不想在停車場說太多，找個地方邊喝邊聊？」

呵，這下子我懂了。

「謝謝但不必了。」我將包包肩帶拉好，「保姆在家裡等著，我得趕回去。」

「那改天？」

方才還裝得滿臉憂慮，現在眼睛裡只剩下期待。這傢伙茍待史恩是以為能增加自己男人味，然後找機會約我出去。真是不要臉，但得考慮往後共事的氣氛，尤其碰上麻煩還得靠他支援，羞辱他的自尊心是下下策。

「可能得下個月了吧。」我故意模糊以對，「最近很忙，保姆也不能待到晚上。」

「喔，沒關係。」他抓抓光頭，「反正我這個月事情也不少，那就下個月再約，下下個月也行……都可以。」

「嗯哼……」我從包包掏出車鑰匙，「總之我得趕快上路了，那就明天見。」

「好。」他點頭之後又說，「那個，卜珂……？」

「嗯？」

「路上小心。」

20

我睡不著。

相比之下這裡很安靜。以前皇后區住處外不分時段車水馬龍，每星期我至少一次會在夜裡被汽車喇叭吵醒，更慘的情況是防盜警報響了將近一小時沒完沒了。搬到瑞克鎮以後，深夜能夠聽見的就只有零星的蟋蟀鳴叫。

我也不明白為什麼搬回來以後變得很難睡。

部分原因應該是睡在父母的臥房總覺得怪。起初我不願意用主臥室就是基於這理由，但樓上三個房間就它最大，也只有這兒放了加大雙人床，最後只好透過裝潢來改造為屬於自己的環境。於是我取下父母一直掛在床頭的海岸風景畫、換了愛用的皇家藍色被褥，也將梳妝台那一整排相框都撤掉。

然而沒什麼效果，心裡依舊覺得這就是爸媽的房間，尤其味道一模一樣。空氣裡彷彿還飄著母親用的香水，怎麼刷洗地板與家具都抹不去。

之前十年的親子關係我也覺得可惜，但更早之前也就不算親近。母親性情嚴厲，父親總是出差，若傳言可信他還常常背著妻子偷腥。即使如此，我沒料到自己決定留下腹內胎兒會引來他們那種反應。

卜珂，妳錯得離譜。我媽每次都要這麼說。

就算想爭辯，那時候思緒也不是很清晰，只是心裡有個聲音叫我一定要保住孩子。為了未出世的孩子我什麼都願意，於是一個人搬去大都市親戚家、每個月領支票支付日常開銷與學費。雖然非我所願，總不能為了個人尊嚴犧牲孩子。

我甚至答應了不再回到瑞克鎮，即便看看自己父母都不行。

直到護理學校畢業，找到正當工作能夠自給自足不再需要父母撫養，我決定表明自己立場：往後不再用他們的錢，但我應當有權帶兒子去瑞克鎮拜訪外公外婆，如果他們不願意那就斷絕關係，因為我厭倦了這種見不得光的感受。

原本我真的以為他們會妥協，畢竟只有我一個女兒、喬許一個孫子。我以為父母對子女的愛終將能夠包容我高中時期未婚懷孕這種事。

我錯了。

將支票退回的幾個月之後，某一天下班回家發現父親開車過來。從前我總認為他比別人家的爸爸帥，路邊女士們會轉頭行注目禮的程度，但那天我第一次意識到自己的父親也老了，眼袋與小腹變得好明顯，銀色頭髮也失去了光澤。

別這樣，卜珂。他彷彿哀求般說：我和妳媽都很愛妳，妳明白的。

我嗤之以鼻：愛我，但是以我為恥？

我們沒有以妳為恥！只是覺得妳別回瑞克鎮比較好。

為什麼？

我父親眉間本來就有皺紋，此刻更深了。不能信爸媽一次嗎，卜珂？我們是為妳好。

針對我為何不能帶孩子回老家看看完全不給個合理解釋，但我絲毫不意外。後來請他離開了，日後也都不兌現支票就退回。持續一年以後他們心裡有數就不再寄過來。

等他們過世幾個月以後我才重返故鄉。儘管後來事情急轉直下，那一夜之前的兒時回憶還是美好。這是我會想給孩子居住成長的環境。

只是仍會在主臥室感受到父母。其實整棟房子都一樣。

我下床走向房裡的梳妝台。聽到車禍消息，回到這間屋子，我發現梳妝台上全是我和喬許的照片，但時間只到五年前斷絕關係那時。家中各處共有好幾十張照片，畫面從我出生一直延續到我請父親回家那天，之後因為他們無法接受我的人生抉擇就斷了聯繫。照片大部分被我撤下，只留了少數幾張，比方說梳妝台上有我在喬許這年紀時給父母擺拍聖誕卡的紀念。

我拿起那張照片盯著自己小時候毫無皺紋的微笑面孔。爸爸媽媽一人一邊搭著我肩膀，表情十分以那個三人小家庭為傲。我連自己曾經是那副模樣都記不起來了。

儘管想法有衝突，我確實相信父母依舊愛我。從照片中他們的眼神就能明白。親子關係被尊嚴給絆倒，他們太害怕丟臉，寧可斷了關係也不敢讓我和父不詳的孫子公開亮相。

只不過此時此刻我看著照片，回想父親前往皇后區探望我的那日。他得開車至少五小時，可見得心裡很在乎。我第一次開始思考——會不會他的動機並不那麼自私。

不能信爸媽一次嗎，卜珂？我們是為妳好。

他語氣之中透露了一股……恐懼。

但太離譜了，有什麼好怕？史恩已經被關進監牢，一輩子都出不來，沒辦法再對我怎麼樣。我已經安全了。

以後也一樣。

21

十一年前

和男友第一次做愛之後，最不想聽到的應該就是「糟糕」。好吧，仔細想想「我有疱疹」之類可能更慘，但現在好不到哪兒去。

「怎麼了？」我問，「有什麼問題嗎？」

一身汗、滿臉通紅的史恩從我身上翻下。事前我好緊張，卻發現實在沒必要。史恩很溫柔體貼，一直問我覺得如何、舒不舒服，或至少……不會難受。我不曉得是否能用喜出望外來形容，但以第一次來說算是很棒。可是這時候他不是應該抱我、說自己多愛我、以後依舊尊重我之類嗎，結果居然一副煩躁臉。

「幹嘛？」我逼問。

「好像……」他皺眉，「保險套好像滑掉了。」

「什麼？」

「不是很確定，」他趕緊補上，「就……嗯，掉了。不是我拿掉的，所以我才在想到底什麼時候……」

「糟糕……」我也跟著說。

感覺頭疼起來了。我才十七歲，不是該懷孕的年紀，接下來十年有好多計畫，上大學、研究所、環遊世界，有小孩的話全部亂了套。天吶，真的很糟糕。

「卜珂，先別慌，」史恩說，「沒事的。」

我都快不能呼吸了。「怎麼會沒事？」

「也不過，」他拉住我顫抖的手，「就這麼一次而已，我有沒有出來都不知道，沒關係才對。」

「開什麼玩笑，多少女孩子『那麼一次』就中獎你知道嗎。」

「嗯。」他太鎮定了，更令人生氣。「那我們一起想辦法。」

「想什麼辦法？」

「現在我還不知道，」史恩坦誠道，「但無論妳做什麼決定，我都支持。」

我嘴巴合不攏，然而凝視他雙眼之後我明白他這番話是肺腑之言。史恩一定也有自己的夢想，例如拿運動獎學金進大學和改善家境等等。倘若履行承諾，*無論什麼決定都支持*，夢想很可能會幻滅，可是他還是說出口了。

當下我知道自己獻出處子之身的對象沒有選錯。「我愛你。」我脫口而出。

史恩手指滑過我頸間。「我也愛妳。」

儘管心裡還很慌，我強迫自己冷靜。史恩說得也沒錯，就一次而已，我大肚子的機會並不高。即使真的中獎了，無論如何他會支持我。

雷聲隆隆、心臟跳個不停，我還是在他懷中沉沉睡去。

直到聽見尖叫才驚醒。

22

現在

和喬許兩個人一起晚餐，吃了瑪姬做的肉丸子以後他興高采烈。「媽，這是我吃過最好吃的肉丸！」

「哦，真的呀？」

「妳知道瑪姬怎麼做的嗎？」他不等我回答自顧自地說，「放了肉、還有蛋，加上麵包屑，最重要的是帕馬森起司。她說帕馬森起司是祕密配方。」

「嗯，確實好吃。」

喬許又叉起來咬一口然後若有所思。「媽，妳怎麼做肉丸？」

我的話，打開包裝好的冷凍肉丸，倒一些在盤子，放進微波爐加熱六十秒。裡面沒熱的話就再加三十秒。「差不多吧，沒放起司就是了。」

「下次妳做肉丸的話，」他繼續說，「可以叫我幫忙。瑪姬教我了。」

瑪姬對他好當然我很開心，但也不由得感慨真正的外婆生前從未與孫子好好相處、教他做肉丸，與我斷絕關係好像也不大在意。

門鈴響了，喬許從椅子跳起來的模樣實在不像是個剛吞下大約三十個肉丸子的小孩。他特別愛應門，簡直像是當作一生志向似地，至於為什麼我也不大懂，因為來的總是送貨員而已。

前門鎖咔嚓打開，接著傳來輕聲交談。怪了，喬許和送貨的有什麼好聊？

難道，不是送貨？

吃了大概二十九個肉丸子以後動作不是很靈活（真的好吃，一定是因為加了帕馬森起司），連起身都有些掙扎。蹣跚走向前門，我嘴巴掉了下來，因為在門口和兒子聊天的不是別人，正是提姆．瑞斯。我站在十呎（三公尺）外不知所措。

「媽！」喬許叫了起來，「妳看誰來了！瑞斯先生是我們的副校長！」

我望向提姆，他臉上笑得尷尬。「對，我，呃……我家隔一條街而已，我媽從佛羅里達寄了餅乾來，所以我就……」

他就想帶一點給我，沒料到會看見不該看見的場面。

「餅乾？」喬許一臉期盼。等他長大到連餅乾都提不起興趣，想想也會很落寞。話說回來我自己都還是挺喜歡餅乾的，問題是現在這場合很難有吃點心的興致。

「媽，可以吃吃看嗎？」

「嗯。」我語調很平。

提姆低頭看著手中的白色紙盒，好像剛才根本忘記這回事。他將盒子塞到喬許懷中，眼睛卻一直盯著我。「都給你。」

「媽，」喬許拉拉我手臂，「我可以吃幾片？」

「唔，一片……」

「才一片？」

「好吧，那……兩片？」

「如果很小片怎麼辦？」

天吶，全吃了也沒關係，趕快離開就好。「小片的話就吃三片吧。」

「耶！」

喬許捧著餅乾盒跑掉，留下我和提姆在玄關大眼瞪小眼。他先搖搖頭：「那是妳兒子？喬許？」

「嗯……」

看他一臉困惑，我真想伸手抱一抱。

「妳不是說他讀幼稚園？」

「其實我沒那樣說過。」

「但妳……」他視線飄向屋內，「我們去外面談？」

可以的話我還真不想，但感覺這事情由不得自己。儘管千百個不願意，總是得和人家把事情交代清楚。不方便讓兒子聽到，提姆也清楚這點。

兩個人掩上門走進前院。與提姆之間只有一英尺距離，彷彿能找到他臉上雀斑的痕跡。以前太常看著這張臉，感覺比自己的長相還熟悉。

小時候我們如膠似漆，雙方都以為那份情誼一輩子不變。提姆尤其如此。從六、七歲開始，他對未來的想像就一直包括我。等我們結婚，要買五個臥房的大房子。而且我常常覺得他想法一直沒變，只是不掛在嘴邊說給我聽。

「卜珂，」他小聲問，「喬許幾歲？」

我閉上眼睛，心底期盼睜眼時會發現這一切只是個尷尬的夢境。

可惜睜開眼睛之後什麼也沒改變。「十歲了。」

「十歲？」提姆伸手順了順頭髮，但看得到手在發抖。「他十歲？」

「對。」

「也就是說，史恩是……」

他沒說完，但我們都知道句子後半段是什麼。不該騙他，我打算說實話。

「嗯，」我回答，「是他。」

「我的天！」提姆一副想嘔吐的樣子，「原來你們……」

「那你現在明白我為什麼離開瑞克鎮了。」

「唔。可是……」他轉頭望向我家正門，「喬許知道自己父親是誰嗎？」

「不知道。我也不打算讓他知道。」

「史恩知不知道？」

我用力搖頭。「不，絕對不會告訴他。」

提姆又望著那扇門，眼裡透露恍然大悟。「老天，他長得也像史恩。」

「是。」我咬嘴唇，「長得是像，但他和史恩不同，是個乖孩子。」

「天吶……」

一如預期的反應。史恩鑄下大錯前提姆就和他不對盤，會是現在這態度並不奇怪，只是事到臨頭我終究內心失落。

「原來如此……」提姆退後一步，「那我先回去了。改天……再聊。」

什麼結婚以後要在後院蓋兩層樓狗屋都拋到九霄雲外。也罷，那麼大的狗屋太不切實際。

提姆轉身要走的同時喬許卻衝了出來，上氣不接下氣、嘴唇沾了餅乾屑。「媽！」他叫道：「廚房水槽壞掉了！」

今天晚上還真是一波未平一波又起。「確定嗎？」

喬許用力點頭。「嗯。轉開水龍頭，水出來不是很慢就是很快，我被噴得滿身都是！」

忽然好想念皇后區那間舊公寓。有房東、有管理員，什麼東西壞了打電話找他們幫忙就好。現在恐怕一切都得親力親為。

「提姆，」我趁他還沒離開先叫住，「這附近有水電工嗎？」

提姆轉頭望著房子蹙眉道：「不介意的話我幫妳看看。」

「你會修水管？」

「略知一二吧。現在家裡東西大部分都自己來。」

他肯幫忙自然是最好。水電工收費不便宜，我爸媽留了房子但並沒有留下修繕經費。「好啊，謝謝。」

提姆隨我進屋，氣氛有點好笑，畢竟他來我家就算沒幾千次也有幾百次。不過兩人成年後就沒聯絡，中間隔了很長時間，雖然父母留下的家具多數沒有撤換也已經與兒時所見差異甚大，總之不同之中又存在著相同，與提姆本人很相似。

「有工具箱嗎？」

我想了想。「我爸應該放在車庫。」

「我去拿！」喬許叫道。

兒子跑出去找工具箱，留我和提姆站在那兒尷尬。幸好小夥子沒花太久時間，一下就提著看起來比他自己還重的黑色工具箱回來。

「好，」提姆說，「來吧。」他又低頭，喬許待在旁邊目不轉睛。「不知道我一個人能不能搞定，你可以幫忙嗎？」

「可以！」

比起吃餅乾，兒子似乎更期待修水管。

頭五分鐘我還待在提姆與喬許旁邊心裡乾著急，但很快意識到看人修水管有多無聊，所以自己回到客廳看書。那頭傳來很大聲的砰砰咚咚，斷斷續續能聽到水流聲，而且我很肯定兩個人一度都在笑。

大概過了一小時，提姆走出廚房，兩手在藍色牛仔褲上抹了抹。接著喬許跟著出來。

「媽，修好了！瑞斯先生修好水管了。」

提姆露出微笑。「其實都是喬許在忙，我只是看著而已。」

「你幫我鎖了螺栓呀。」

「嗯，那個是我沒錯。」

喬許朝他笑得燦爛。「那你可以再幫忙修好樓上一直掉下來的門把嗎？我會幫忙。」

提姆的笑容動搖了。「唔，這個嘛——」

我趕緊從沙發起身。「喬許，瑞斯先生也有事情要忙，不能什麼東西都麻煩人家修。何況時間不早了。」

喬許臉一沉，簡直像是有人跟他說寵物狗死掉的表情。「喔。」

「不然我明天過來，」提姆補上一句：「如果你媽媽同意的話啦。」

「我當然好，」我望著他眼睛，「要看你方不方便。」

「我可以啊。」

喬許看看我們兩個，五官皺了起來。「所以……要修門把嗎？」

「修啊。」提姆說，「明天好不好？」

我哄喬許上床，再親自送提姆到門口。方才向他吐實就以為往後沒機會見面了，想不到一轉眼如過眼雲煙，雖然我不覺得提姆真的會忘記。

他跨到院子外，兩個人都停下腳步。

「多謝你幫忙。」我開口。

「別客氣。」提姆盯著我好一會兒，似乎斟酌著該說什麼好。「卜珂，妳說得沒錯。」

「啊？是指哪方面？」

「他的確是個好孩子。」

說完之後，提姆轉身朝他家方向離去。

23

十一年前

我雙眼猛然睜開驚醒過來，過了一秒鐘才想起自己身在何處。這是史恩的家，他就躺在身邊，呼吸很深沉。但我聽見聲音，有人尖叫，我非常肯定。

低頭看錶，時間是凌晨三點。

「史恩，」我抓著他裸露的肩膀搖醒，「我聽到怪聲。」

「啊？」他抬起手背揉揉眼睛，「怎麼了？」

「有人——」

接著我們兩個都聽見了，非常淒厲的叫聲。差別是這次我能聽清楚那個人叫了什麼。

「卜珂！」

史恩身子彈起來，和我一樣徹底清醒。他腿滑下床，跳進寬鬆藍色牛仔褲然後套上T恤。我的牛仔褲是窄管，扭了一會兒才穿好。

看見史恩邊穿襪子邊朝房門伸手，我緊張地問：「你去哪兒？」

他視線落在門把。「樓下有人尖叫，我得去看看。」

「別丟下我啊。」才不要一個人留在房間，我趕快扣好褲子換上毛衣。

「妳留在樓上，」史恩說，「比較安全。」

「我想一起去。」

史恩張嘴想阻止，但來不及講話就被另一聲尖叫打斷。「卜珂！」

我們一起衝出房間，在樓梯頂端遇上凱菈和提姆。兩人看上去也是匆匆換好衣服，不知道在房內做了什麼？希望只是睡覺而已。

「你們也聽見了吧？」提姆問話時，凱菈緊緊摟住他手臂。

史恩板著臉點點頭。四個人同時往下望，從二樓就能看到大門開著，裡頭地毯被暴雨打濕。

「茜爾希。」我喃喃道。

尖叫的一定是茜爾希，因為看起來凱菈和我都沒事。但她為什麼大叫我名字？出事的話不是應該喊布蘭登才對？除非……

要是布蘭登敢傷害茜爾希，絕對饒不了他。

史恩三步併作兩步帶頭下樓，提姆跟著、我追上，凱菈隔得遠遠地殿後。不怪她，她原本就和我們都不熟，萬一真的出事了也不會想被波及。

最先到前門的史恩扶著門框探頭查看外面走廊。我心焦如焚，著急得差點被自己絆倒。真的走出正門以後……

喔，天吶、天吶……

茜爾希跪在地上，身旁的布蘭登躺在門廊地板，胸口一大灘暗紅色血跡，嘴裡滲出同樣顏色的液體，雙目已經什麼都無法看清。茜爾希拉著他的手哭得不可自抑，兩個人在豪雨之中濕透了。

「怎麼回事？」我擠出聲音。

「啊，卜珂！」茜爾希跌跌撞撞爬過來，不顧血水雨水全沾過來也要緊緊摟住我。「我發現布蘭登不在床上就下樓找他，發現前門開著，出來就看到……」

「他死了嗎？」凱菈聲音變得很尖，表情像是隨時會嘔吐。

提姆走到遺體旁邊跪下查看，手指按著布蘭登脖子探脈搏，然後搖搖頭。「斷氣了。」

茜爾希抱著我大聲啜泣，而且整個身子重量壓過來，這樣子用不了多久連我也會垮。

「先扶她進去，」史恩對我說，「外面交給我們處理。」

凱菈和我帶茜爾希回到屋內安置在沙發，她將臉埋進手掌哭個不停。我輕拍她背安撫，凱菈拿起她擱在咖啡桌上之前沒訊號的手機看了看。

「還是收不到。」凱菈悶哼之後抬頭朝著門口大叫，「史恩，你說家裡裝了有線電話對吧？在哪兒？得先報警。」

「書櫃旁邊！」他在外面叫道。

凱菈一個閃身竄向書櫃拿起無線話筒撥號後貼著耳朵，接著皺皺眉頭從耳邊拿開，又按了按鈕。

「史恩！」她音調接近歇斯底里，「電話不通啊！」

轟雷震動舊農舍，已經比傍晚時小了些。「史恩！」凱菈尖叫。

幾秒後史恩進來，用力甩上身後紗門，臉微微漲紅、頭髮和上衣都濕了。他大步上前搶走無線話筒，凱菈站在原地擰自己的手。

「沒辦法。」他說，「可能電話線路也受到風暴影響。」

凱菈東張西望。「沒辦法報警？」

「目前不行。」

她搖頭。「那我要走了。茜爾希，妳車鑰匙呢？」

史恩抿著嘴。「凱菈，妳能先冷靜一下嗎？」

閃電落下，照亮凱菈雖小卻異常猙獰的面孔。「不行，我沒辦法冷靜！有人在這棟屋子被謀殺，然後沒電力沒電話，所以我他媽的現在就要走！你們不走就不走，我回去之後會找警察來。」

史恩皺眉。「凱菈——」

她瞪過去。「史恩，這種時候還不走，你為什麼想把我們留下來？」

這話問得有道理，雖然放著犯罪現場也不好，但當務之急是請警察介入。電話打不通，那就只好親自開車到警局。其實被父母發現我來了史恩家裡肯定會完蛋，可是都出人命了，不是在乎那種事情的時候。

更何況，凶手很可能就是在場的某人。

茜爾希眼淚未乾但站了起來。「凱菈說得沒錯，得趕快離開。我不知道究竟誰幹的……」她視線先飄向史恩，然後是站在門口的提姆。「但這裡顯然很危險，不走不行。」

我也同意。

茜爾希與凱菈穿上完全不合適的外套和鞋子不顧大風大雨走到外面，但我自己也只有一雙普通布鞋。門前積水彷彿一條小河，跋涉過去鞋裡就全是泥巴與冰水。簡直是場恐怖秀，我等不及要回家。

然而我們才正想擠進金龜車趕快上路，茜爾希卻忽然愣在原地。她倒抽一口氣，接著我也明白了。

四個輪胎都破了。「怎麼會！」她低呼。

繞到後頭查看史恩的雪佛蘭也是一樣狀況，輪胎被割得亂七八糟。

「他媽的搞什麼？」史恩看見車子遭到破壞，氣得破口大罵。「到底誰幹的！」

凱菈捧著胸口用力搖頭，朝著屋子一步步倒退。「有人不讓我們走。」

「凱菈……」提姆朝她伸手，「我們先確定——」

「不對！」她將提姆甩開，眼神變得歇斯底里。「殺他的人就在這裡，是你們之中某一個。凶手不讓其他人離開！」

「怎麼可能呢，凱菈？」茜爾希開口。

「不可能嗎？」凱菈眨眼忍住淚。

「當然不可能！」茜爾希撥開臉上一綹濕透黑髮，「提姆和史恩哪裡看起來像是會殺人？」

「說不定是妳啊！」凱菈反駁。

「我？」

「對啊，為什麼不可以是妳？大家都知道布蘭登拈花惹草，說不定你們大吵一架，這就是他的下場。」

茜爾希嘟起嘴。「妳這賤貨……」

凱菈右眼落下一滴淚，用手背抹去同時眼影也在臉頰暈開。她視線在我們四個身上來回，呼吸越來越急促。「不管有沒有車，我都要走。」

「凱菈，別——」史恩又要說什麼。

可惜太遲了。她轉身沿著房子前面隨便鋪的小路跑走，積水淹到腳踝就像穿越小溪。畢竟說好是來過夜，凱菈也沒想到得在戶外步行，選了一雙很難走的粗高跟鞋，身上那件時髦長版皮衣也被雨水毀了。我自己的穿著好不到哪兒，但心裡覺得該跟上。

凱菈走不到二十英尺忽然就臉朝前栽進地面的泥潭，不知道是不是腳被東西絆倒了。提姆看見大叫一聲衝過去。

「白馬王子，英雄救美呢。」茜爾希低聲譏諷。

我朝她一瞥。「難不成妳覺得不該幫忙？」

茜爾希沒講話，只是急促喘息。她和凱菈一樣整張臉都花了，看起來像是發瘋了一樣。有點慶幸自己今天只擦唇膏來，而且和史恩接吻的時候幾乎磨光了。

起初凱菈還不願意讓提姆攙扶，後來才勉強接受，在他幫助下重新站好。她轉頭望向小路，神情非常懊惱。積水越來越高，她別無選擇只能跟著提姆走回舊農舍，臉上已經分不清是淚是雨。

史恩站在門口，等凱菈回到門廊時朝她上下打量之後問：「妳還好嗎？」

她看了史恩一眼但沒出聲。

「先進去吧，」提姆說，「至少不必淋雨。」

這麼一說我注意到為了幫忙凱菈他自己也濕透了。應該說我們所有人都成了落湯雞。最慘的當然還是凱菈，畢竟整個人在泥潭上滑倒，深褐色頭髮平貼腦袋瓜、薄風衣黏在皮膚好像得用撕的，面頰沾了幾塊泥巴，與花掉的妝全混在一起。

「你打的就是這主意吧？」凱菈對提姆怒目相向，「把我困在這間房子出不去……」

「呃……」提姆手掌打開舉在半空，「我的意思是……在外頭會感冒……」

「感冒！」凱菈往還擱在門廊的布蘭登遺體瞟一眼，「都死了個人！而且就是你們其中一個人幹的！怎麼還——」

「凱菈……」提姆小心翼翼靠近，「妳先冷靜。」

「我才不要冷靜！」她退後一步，又差點跌倒。「你們誰我都不相信，電力回復之前別靠近我！」

說完以後她朝後面跑，腳步聲順著樓梯上去，接著房門用力甩上的聲音迴盪過來。

24

現在

翌日早晨，開始看診前我先繞到病房確認史恩的情況。

走在燈光閃爍的長廊上，忽然有人從背後叫住我。轉身一看，馬可斯・杭特朝我這兒快步跑來。

究竟想幹嘛？

希望之後不會一直纏著說要約我出去。狀況已經夠複雜了，不想節外生枝。另外我決定下班走去停車場的時候把胡椒噴霧拿在手中而非藏在包包，被噴過一次想必他就不會再來煩我。

「卜珂，」他像滑壘一樣停在我面前。「嗨。」

「早，」我避開他目光，「杭特先生什麼事？」

他拉了拉衣領，藍色懲教員制服硬挺挺的。「叫我馬可斯就好啦。」

我沒特地回應那句話。「有什麼事？」

杭特掏出塞在長褲口袋的一疊文件交給我，上面寫滿他亂七八糟的字跡。最上面一張註記了麥康．卡本特的名字。

「聽說妳想給卡本特找床墊。」他繼續說，「其實幾年前給人買過，印象中是填這些表，能寫的我就先幫妳寫好了。」

低頭看著那些東西，我心裡有點錯愕。自己努力半天一點進度也沒有，朵洛瑟阻攔得非常積極。我考慮過打電話給威登保醫師，他才是我的頂頭上司，只不過雙方至今仍未見面，我也不知道如何聯繫。

「哇，」我開口，「真是謝謝了。」

「別客氣。」杭特朝我眨眼，「我們是同一國的嘛？」

「嗯……」我沉吟著，暗忖他是否要順勢約我，但居然沒有。「那我得先去巡病房，聶爾森如果好了就送回去。」

聽見那名字，杭特神色忽然陰沉，轉頭朝著病房怒目相向。他真的很討厭史恩，原因我還不清楚。聽朵洛瑟的說法，史恩這些年裡並沒有鬧出什麼大動靜。

「你好像很不喜歡史恩．聶爾森？」我說，「但我是還好。」

前提是不考慮他曾經想殺我。

「他應該是在妳面前裝乖吧。」杭特咕噥。

「要是我覺得有危險，會立刻通知你。」我望向杭特眼睛，「你放心。」

他想了想。「妳自己提防點。」

「知道。」

杭特搖搖頭，感覺就是不相信我會多提防。其實也沒錯，我認為無論史恩當年想做什麼，現在應該也沒那種念頭了。這監獄的警衛都有配槍，若有必要可以射殺囚犯。而且我現在觀察史恩，很難想像當年他竟然會做出那種事情。其實即使出庭那時候，我被緊緊勒住喘不過氣的感受還記憶猶新，凝視史恩依舊覺得他不像殺人凶手，只是我在橄欖球場認識之後愛上的大男孩。

我始終想不透，他為什麼會有那種行為。一時衝動？人格分裂？無所謂了，他已經付出代價。

瑞克監獄的病房很小，只有六個床位，提供最基礎的醫療照護，例如點滴、抗生素注射，或者安置不適合待牢房又沒有嚴重到要送醫的獄友。每天早上上班、傍晚下班我都得巡一次。目前病房只有史恩一個人。他躺在床上沒睜開眼睛，額頭的瘀青顏色比昨天更深些。儘管朵洛瑟說他不必上鐐銬，還是用鍊子將一條腿鎖在病床扶手上。

病房裡多了個叫做夏琳的年輕助理護士坐在櫃檯。我走過去朝病床方向撇了下巴。「昨天晚上聶爾森還好？」

「還可以，沒什麼狀況。」

我忍不住問：「為什麼要在他腿上綁鐵鍊？」

夏琳聳肩。「杭特昨天下班前過來就給他銬上了，我也不知道原因。聶爾森多半都在睡，只有早餐那時候醒來。我給他吃了乙醯胺酚，他滿客氣的，很有禮貌。」

「好。」我回答。

「而且長得滿帥的？」夏琳吃吃笑著臉還紅起來，「還是我該多出去走走才對？」

「嗯哼……」

她往三號床望過去，史恩躺在那兒像是睡著了。「不知道做了什麼才被關進來。」

夏琳年紀還小，雖然是本地人但不記得轟動一時的謀殺案。我也不打算告訴她。「嗯……我也不知道。」

「之前我會在Google上面搜尋，」她繼續說，「很多人的案子都大到上新聞。但看了以後總是嚇一跳，感覺不知道比較好。」

「嗯。」我附和，「我懂。」

我讓夏琳繼續處理文書作業，自己走到史恩的床位旁邊看了一會兒。他閉著眼睛，雙唇微微打開，呼吸很平緩。本以為有人站在床邊會驚醒他，但他沒有反應，我還是得伸手搖搖他肩膀。

史恩眼瞼顫抖兩下，雙手握拳揉了揉眼睛。手放下之後他盯著我看，眼睛放大、抽了口氣：「卜珂——」

「史恩？」

他眨眨眼。「啊，抱歉。我……不太習慣醒來居然看見妳，這種感覺……似曾相識？」

「嗯，我懂。」但我還是蹙起眉頭，「感覺怎麼樣？」

史恩打了個呵欠，同時按按鈕將病床抬高。「就像腦袋撞到桌子。」他淺淺一笑，「就頭痛，沒大礙。」

「從一到十的話，頭痛程度多少？」

「不確定，可能四、或者五？」

「會不會想吐？頭暈不暈，會覺得意識不太清楚嗎？」

「沒，我沒事。」他想調整姿勢，卻被鎖鍊卡住了很難挪動。「就只有頭痛而已。」

我低頭望向鎖鍊。「我會請懲教員過來解開。」

「別。」他揮揮手，「說老實話已經習慣了，所以沒什麼。妳越想介入，他越討厭我。」

「好吧，既然你都這麼說了……」

我給史恩做了神經反射檢查，確定沒有必須送醫做腦部掃描的症狀。如他所言，除了頭部瘀青之外似乎沒事。不過我用手電筒照瞳孔時，從皺眉表情能判斷頭痛程度比他自己描述的嚴重。

「頭那麼痛，要不要換強一點的止痛藥？」

史恩在太陽穴揉了揉。「不必，沒關係。剛吃了一顆泰諾，可以了。」

還是不明白伊莉絲怎麼會在病歷說他想偷拿藥，明明痛得厲害都還不願意開口。「感覺你很不舒服，要的話就開布他比妥類的藥？」

他點點頭道謝：「唔，好吧，那就加一顆。」

「沒關係的。」

「另外……」史恩抬頭，褐色眼珠凝視我。「昨天講的事情，我不會再提了。我保證。」

我下顎收緊。「那就好。」

「我知道自己在妳眼裡是什麼模樣。」他繼續說：「無論我說什麼，妳都已經不會當真。」

「史恩──」

「只有一件事情我非說不可。」他語速變快，像是怕我不聽完就走掉。確實有這個可能。

「不說我可能遺憾終身……」

「史恩你別這樣──」

「和瑞斯那人保持距離。」他張大充血的眼睛盯著我，「拜託妳。」

「史恩……」

「妳覺得我是……殺人犯，那無所謂。」他講得哽咽，「但拜託妳和提姆．瑞斯保持距離。他太危險了。卜珂，求求妳，聽我這次就好。」

我注視他雙眼，感覺那份恐懼很真實。一股涼意竄過背脊，為什麼他口口聲聲說提姆是個危險人物呢？我看不出來也無法相信，是史恩在演戲？

一定是。

「好。」我回答。

「真的？」

「真的。」

他躺回床上，五官放鬆些。「謝謝，卜珂。」

反正對他撒謊也不會只有今天吧。

25

十一年前

茜爾希跪在布蘭登遺體旁邊小聲啜泣，然後伸手輕撫他已經無力的下顎。我們其餘人站在門廊，兩個男生顯得煩躁不安。史恩應該也很難受，他和布蘭登是死黨——不過從發現遺體到現在，他話變得非常少。當然我也不覺得快成年的大男生應該像茜爾希那樣聲淚俱下。

茜爾希抬起淚痕未乾的臉望向我們問：「遺體該怎麼處理？」

史恩和提姆互望一眼之後說：「先擺著。」

「就這樣擺著？」茜爾希生氣地站起來，「任風吹雨打？」

我知道其他人心裡在想什麼，只是不方便說出來——布蘭登已經不怕濕不怕冷，再也不怕了。

「家裡櫃子還有多的毛毯，」史恩說，「要的話可以湊合遮一下。」

茜爾希猶豫兩秒才點頭。史恩走入屋內，我們三個留在原地。提姆和我之間只有幾吋距離，近得可以感覺到體溫。他輕輕碰了我的手捏一下安撫，但隨即門又打開，史恩捧著毯子出來。

天藍色毛毯看上去會扎人，不過布蘭登應該也不怕癢了。茜爾希溫柔蓋好他身體之後開始遲疑，似乎是不知道該不該將臉也掩上。最後她還是將毯子拉上去，男友變成門廊上一團形狀不規則的輪廓。

她將指尖放在唇上再送出。「寶貝，我愛你。」

愛他？真的？昨天在電話她還提過這件事。

恨透那個到處偷吃的混蛋。

茜爾希轉頭，表情似乎是希望我們也講些話道別。其實我和布蘭登不熟，聽說的事情也不大討喜，但為免茜爾希尷尬還是小聲說了句：「會想念你的，布蘭登。」

「不會忘記你。」提姆附和。其實他和我一樣對布蘭登沒什麼好感。

茜爾希又望向史恩。他目光變得空洞：「一定會揪出凶手，為你報仇。」

悼念完布蘭登，茜爾希這才同意回屋內休息並計劃下一步。可惜選項並不多，室內電話因為天災或凶手的安排打不通，僅有的兩輛車被劃破輪胎，外面狂風暴雨一時不會停歇。

「剛才凱菈是不太可能走得回外面大馬路，」茜爾希站在客廳中間擰乾長髮，「但你們兩個男生可以才對。沒有那麼遠，大概一英里？」

「一英里半。」史恩板著臉，「而且妳也看到了地有多滑，走起來非常危險。更令我擔心的是風這麼強，很可能有電線桿被吹倒，一個不留神踩下去就電死了。」

也就是說我們只能待在敵暗我明的屋子裡面，離開不是溺死就是電死。

「我認為先按兵不動，等風暴過去。」史恩繼續說：「到時候手機或許就有訊號了，或至少路面積水會消一些。」

我望向提姆挑挑眉。他發出長嘆。「我同意。外頭現在不安全。」

兩個男生似乎打定主意先躲雨。我轉頭望向茜爾希，她早就渾身濕，即使用了防水眼影還是融化成臉頰上兩條線。化妝品再防水也承受不住這麼大的風雨。

「卜珂，」她開口，「我們談談？」說完又瞟向兩個男生，「私下談。」

茜爾希沒等我答話，攬著我手臂就走，史恩和提姆只能從背後盯著看。她一路走到後門，將我拖出去以後重重甩上。

「茜爾希，外面很冷！」我抱著自己，「在裡面說不行嗎？」

「不行。」她盯著後門，眼神充滿憤恨。「卜珂，我真的很害怕。到底是誰殺死布蘭登？他……他是被刀捅死的，就這樣死了！」

「我知道……」

茜爾希用手背抹了下眼睛。「那妳就該明白這兒不安全，對吧？我們得快點離開。」

「但是妳也看到了，凱菈才走沒幾步——」

眼影糊掉的茜爾希像個瘋婆子。「凱菈在啦啦隊表現最爛，連練習都只是勉強過關而已。妳和我不一樣，我想我們走得出去。就算我們走不出去，兩個男的總有辦法。」

「剛剛史恩才說過可能有電線脫落——」

「又或者，他不想讓我們走。妳考慮過這個可能性嗎？」

當然，但不代表史恩講的沒道理。外頭天氣太惡劣，我實在不敢冒險。尤其大家都沒合適的鞋子，重度凍傷後果不堪設想。

「史恩不會殺人。」我堅定地說，「搞不好是躲在附近的遊民，凶手不會在我們之中。」

茜爾希大口呼吸卻喘不過氣，模樣好像快要恐慌症發作。

「小茜？」我蹙眉問道，「妳快點吸氣，做幾次深呼吸，可以嗎？」

「我沒事。」她閉上眼睛專注調整氣息，「沒事。」

我不知道該怎麼辦，這種時候不是縮成一團才對？看起來茜爾希勉強控制住情緒，抓著我一直喘到肩膀慢慢放鬆。我陪在外面等，只是真的好冷。雖說停電了，所以屋子裡也沒多暖，但至少沒有強風吹來的雨水打在身上。

「感覺好點沒？」等茜爾希張開眼睛我才問，她點了點頭。

「還是先進去。」我不是問話的語氣，因為這次她不肯我會自己走。「留在外面沒用。」

茜爾希望著我好幾秒才點頭。我抓著後門門把推開，廚房裡光是空氣乾燥就感覺好得多。通向客廳那邊的門忽然嘎嘎作響開了一條縫，我們兩個都嚇一跳。

「卜珂？」是提姆，我聽見鬆了口氣。儘管我不認為史恩會是殺人犯，但最信任的依舊是提姆．瑞斯。「是妳嗎？」

我點頭之後意識到屋內黑漆漆的他看不見。「嗯，我們進來了。史恩呢？」

「他出去試試看能不能收到手機訊號。」

茜爾希拉拉我手臂。「卜珂，我想找地方坐下。」

她又抖得好厲害，我和提姆趕快扶她穿過廚房進客廳安置在沙發。茜爾希躺了下來雙手掩面，親眼看見男友遭到謀殺的衝擊太大，無論今天如何結束想必都會留下心理陰影。

「嘿，」提姆輕拍我肩膀，「可以和妳到廚房私下講幾句？」

黑暗中我瞇起眼睛觀察茜爾希，感覺她暫時無恙。「嗯，但我不想讓她一個人待太久。」

提姆帶我走進廚房。到了門後頭，我忽然閃過一個念頭：這時候不該讓任何人獨處，所有人應該集中在一起才對，現在卻留茜爾希自己待在客廳、史恩不知道晃去哪兒。

萬一史恩也出事？像布蘭登那樣死在路旁。

「我掀開毯子偷偷檢查過，」提姆說這話時眉頭緊皺，「看起來布蘭登是被人用刀子戳死。」

「是……是嗎？」

提姆的臉好近，即使很黑也能看見五官，平常這距離會看見的淡淡雀斑痕則模糊了。「屍體旁邊找不到刀子，至少我是沒找到。」

「喔……」

他往廚房櫃檯撇了撇頭。「我擔心凶手會折返，就想著從廚房拿把刀子防身。結果妳猜怎麼著？刀具全不見了。」

我瞪大眼睛。「什麼？」

「很奇怪，對吧？檯子上有刀架，但全空了。」

我抱著自己打顫。「意思是？」

「我認為凶手並非臨時起意，事前就將屋子裡所有武器都收走。」

「提姆，」我感覺自己快窒息了，「你究竟想說什麼？」

「卜珂，我想說什麼妳心裡有數。」

26

現在

新學年開始已經一個月。提姆・瑞斯成了我家常客。

他修理水管和門把之後，喬許又找出家裡各式各樣可以動工的地方。畢竟房子是老了，很多東西該修繕。該修的修完之後，他們又說要在喬許房間做個書櫃，這週末會上漆。（看樣子選了螢光綠。）

搬回故鄉最初的戒慎恐懼已經平息得差不多了。監獄工作有好有壞（一個月沒見到史恩，但當然他也插翅難飛），喬許倒是前所未見的開心，校園生活順遂之外居然和提姆發展出出我意料的良好關係。

今晚一進門就聞到大蒜與奶油的香氣。我發現瑪姬最愛用這兩項調味，同時也是最像家的味道。

她在廚房給蒜香焗蝦擺盤。不只看起來可口，光是嗅覺就非常滿足。

「有多做一份，」瑪姬說，「我猜提姆大概會過來一起晚餐。」

我本想反駁，但立刻想起來提姆確實在過去半個月來家裡共進晚餐少說五、六回，我們也去過他家三次。

「嗯，他是有說可能會過來。」我小聲回答。

瑪姬笑了起來。「交男朋友有什麼好尷尬的呀，卜珂。」

「不是男朋友啦。」她那眼神害我用力搖頭。「真的不是，就朋友而已。」

我也沒遮掩什麼，儘管這個月提姆常露面，兩個人之間並沒有擦出火花。比方說他沒表態想接吻，幾天前一起看電影的時候沒打呵欠也沒試著摟我肩膀。和他就是像以前一樣，單純的朋友。知道我生了史恩的孩子，提姆恐怕也沒再懷著什麼情愫。

「而且先提醒妳喔，」瑪姬繼續說，「喬許開始問了些關於提姆的事情，挺有趣的。」

呃，不會吧，這什麼意思？

稍晚瑪姬離開，我回到客廳。喬許打電動打到極度專注總會下意識微微吐出舌頭，那種表情實在眼熟，我看了幾秒才察覺以前史恩很專心的話也是同個模樣。

「嘿，喬許，」我去沙發坐在兒子旁邊，「今天上學上得怎麼樣？」

他視線沒離開電動。「還好。提姆會過來吃晚餐嗎？」在學校他會竊笑著乖乖叫人家副校長，回到家裡就直接叫人家名字了。

「喬許……」我湊近了些，「聽瑪姬說，你問了一些跟提姆有關的事情？」

兒子按了暫停，將電動手把丟開。不知道小腦袋究竟在想什麼呢，可能和瑪姬一樣都認為提姆是我男朋友。感覺該趁早講清楚，不知道這孩子會如釋重負還是大失所望。

「嗯，」他先回了句，「我只是好奇……」

「什麼？」

他深呼吸。「提姆是不是我爸爸？」

有種肚子被人揍了一拳的感覺。我還真沒猜到兒子的心思。「喬許——」

「妳搬走之前就和他認識，」喬許開始分析，「兩個人又很熟。而且，他人很好……」

兒子望著我的表情充滿期盼。我真希望自己能告訴他說：沒錯，提姆就是你父親。我自己也多麼希望那個人是提姆，或者任何一個有機會與我共組家庭、能夠陪伴兒子就算片刻也好的人。

「乖孩子，很可惜，」我回答，「提姆並不是你爸爸。」

喬許一臉崩潰樣，害我心裡有點懊惱是不是應該先騙他就算了，有什麼後果之後再想辦法。當然那種念頭很荒唐，這件事情必須說實話。

我伸手要摟住兒子，門鈴卻在此時響起。喬許抓起電動手把。「晚餐前要打完這關！」

「喬許，」我說，「我還沒說完呢。我知道你失望……」

「沒有失望。」他盯著電視螢幕，「所以不用說了。」

也罷，我當然比不過電動，還是認分去應門。可想而知，是提姆過來一起吃晚餐。好像給他鑰匙就算了，不是男女朋友交換鑰匙那種，就當作備份鑰匙放在鄰居那兒，出了什麼事情方便幫忙。不然瑪姬是有家裡鑰匙，但她其實住在隔壁鎮上。

提姆站在門外，還穿著上班用的襯衫與卡其褲，只拆了領帶。他張開雙臂，每次過來我們在門口都給對方一個擁抱。朋友也會擁抱，對吧？所以我們擁抱沒什麼，算不上特別親熱。

「嗨，卜珂，」他開口，「好香啊。」

「謝謝。」雖然蝦子也不是我煮的，但屋內確實變得香噴噴，站在玄關還是能聞到。不過我在提姆懷中卻嗅到另一種氣味，感覺十分熟悉，卻不像大蒜與奶油那樣子帶來愉悅。

因為是檀香。

我猛然後退，整張臉皺了起來。「我的天，那是什麼？」

提姆張大眼睛揪著襯衫聞。「沒什麼啊？不就普通棉襯衫？」

「我是說味道！」

「味道？」他伸手輕撫光滑下巴，「來之前刮過鬍子，所以用了鬍後水，不過——」

檀香味竄進鼻孔，每次吸氣都彷彿有條項鍊箍緊咽喉。我又退了一步。「麻煩你先去洗掉。快點。」

「可是——」

「拜託你先洗掉再說！」

提姆快步進了浴室，裡頭傳出水流聲。他好幾分鐘沒出來，看樣子有認真嘗試消除鬍後水氣味。走出浴室的時候，提姆皮膚微微泛紅。

「好了，」他說，「應該沒味道了？」

我試探性嗅了嗅，已經嗅不到了。幸好。「謝謝。」

「沒事，」他眉頭皺得很緊，「別客氣……」

可能把我當作瘋婆子了吧。我該解釋清楚，他不是外人，應該能夠理解。「史恩那時候……你知道的……他也用了檀香的鬍後水，所以現在我聞到就很不舒服。」

「啊！」提姆揉揉下巴，「我的天。抱歉，卜珂，我不知道這件事。鬍後水也是別人送的，回去我就丟掉。」

「那又是何必——」

「應該的。」他嘴巴斜斜地笑了，「無所謂啦，反正我本來就不愛用鬍後水。」

我也笑了。「不喜歡還抹？」

「嗯，就抹了試試看喬許會不會喜歡？」

兩個人站在門口凝視彼此，那瞬間彷彿一股電流竄過心中。我仔細觀察提姆，想知道他是否有同樣感受。儘管我認為他穩穩停留在朋友那條線上，卻不免好奇難道只是自己遲鈍。

當然前提是他不能再用檀香鬍後水。

27

晚餐後喬許自己將碗盤放進水槽以後轉身問提姆：「能不能陪我去後院投球？」

儘管知道提姆不是他父親，這孩子的態度沒有改變。我看了雖然欣慰卻又不得不介入一下：「你作業做了沒？」

喬許別過臉。「還沒……」

「那你就知道行不行了？」

兒子低聲哀號，但提姆附和我。有大人站在同一邊真好。「先寫作業，」他說，「明天拿球棒，我們去公園玩，這樣不用擔心打破窗戶，可以認真練。」

喬許用力點頭，轉身跑上樓。之前兩個人在修繕計畫中間去過公園幾次。提姆還單身，並不是和我交往，每個週末都來修理、陪小孩，母子二人佔用他那麼多私人時間我實在感覺不好意思。

等喬許關上房門我才開口：「其實你不必答應他的。」話雖如此，要是提姆忽然改口說不能去，我可能會當場哭出來。之前陪喬許去公園練習過，我的技術實在太差，盡了全力還是接不到球，整個下午東躲西竄的，一下怕被球砸到、一下追著滾球跑，喬許常常站在原地空等。

「我自己也喜歡。」他聳肩，「而且他打擊真的很厲害，距離比我還遠。」

「去年的少棒聯盟比賽，他全壘打數第一喔。」我說得驕傲起來。

「可以想像，他是天生的運動員。」

雖然是讚美我卻聽得心裡惶恐。史恩也是天生的運動員，所以後來才變成明星四分衛。要是喬許說想參加橄欖球隊，我應該會盡一切可能勸阻。

提姆把剩菜端到水槽那邊，開了熱水灑上洗碗精。

「我自己洗就好了，」我趕快說，「反正也不多。」

「讓我幫一下，」他直接接了我剛從爐子拿起來的平底鍋泡進水槽，「不然我跑過來白吃白喝什麼都不做就走人，感覺太混帳了吧？」

「真要說的話，你幫忙修理一堆東西，如果請師傅來做費用都六位數了。」

蒸氣自水槽緩緩湧出，提姆邊刷洗鍋子邊說：「不至於啦，可能五位數的項吧。」

我開玩笑在他手臂打一下……本來是要打，結果手忍不住停在二頭肌。他一定……嗯，有健身。提姆轉頭望向我，眉毛高得差點碰到髮際線。兩個人一時間愣在原地四目相交，過了幾秒他才趕快伸手關緊水龍頭、找了毛巾布擦手。

接著摟我接吻。

我沒抗拒。說沒抗拒可能還太清淡，應該是我揪住他領子拉過來，好像十年沒和男人親嘴過那種感覺。其實還真的差不多。大概六十秒時間，我們在廚房裡親熱得彷彿世界末日即將到來。過了那麼久，我終於想起兒子就在樓上，然後輕輕推開提姆。

他臉頰漲紅，表情意思似乎是只要我開口就立刻進房間。「天吶，卜珂……」

我喘了一下才說得上話：「還以為你只當我是朋友。」

「唔，嗯……妳明知道那都是睜眼說瞎話。」

「我哪知道。」

他白我一眼。「少來，明明知道我從四歲就喜歡妳。」

我心臟都快跳出來了。沒錯，我算是知道提姆對我有感覺，即使他和別的女孩子約會，看人家的眼神也和看我不同。只是以前我對他不來電，直到今年搬回來。

「只是……」我抬頭望向樓梯，希望喬許房門有關好。「現在氣氛很好，喬許喜歡你、你是我最好的朋友。我總覺得……我怕會搞砸，你懂嗎？」

「我懂。現在氣氛確實不錯。」提姆拉起我的手，我依舊沒抗拒。「但應該可以更好。」

這話說得當然沒錯，才往來一個月就發展到這種地步，他能更常出現、我們更進一步的話很值得期待，而且兩個人的空虛都能得到滿足。

「我現在光工作和照顧喬許就忙得分不開身。」我還是得告訴他，「你找個生活簡單點的人會不會更好呢，例如『酢漿草』的那位女服務生？叫做克莉對吧？」克莉感覺瘋瘋癲癲，不過顯然很欣賞提姆，身邊更不會有與坐牢前男友生的十歲拖油瓶。

「卜珂，聽我說。」提姆掐掐我的手，認真看著我。「十年沒見到妳了，這段期間我和不少女的約會過，但總是不成，一點機會也沒有。原因就出在——我一直在想妳。其實對我的約會對象也不是很公平。」他的喉結起伏，「我對其他人沒辦法有對妳這樣的感覺。」

真想哭，從來沒有人對我說過這麼甜的話。提姆帥氣性感、對我的孩子很好，感覺這時候就應該內心感謝上蒼然後撲進他懷中。

但不知道為什麼，腦袋裡一直迴盪著史恩・聶爾森說過的話。

拜託妳和提姆・瑞斯保持距離。他太危險了。卜珂，求求妳，聽我這次就好。

史恩說得出口我就覺得荒謬，現在想法也沒有改變。然而確實有個異樣感受——事情進展太順利，提姆這人太完美，尤其我根本配不上。

「卜珂？」提姆蹙眉，「我也不會逼妳接受。假如妳覺得不妥，剛才的事情就當作沒發生過，維持朋友關係也好……不對，不是好，糟透了，但——」

「夠了。」我不確定自己到底是對著提姆還是對著腦袋裡的史恩講話，反正都一樣。「你說得對。」

提姆臉上浮現笑意。「真的嗎，我說對什麼了？」

「不在一起真是糟透了。」

我揪著襯衫將提姆拉過來唇對唇，他回應得同樣熱烈，即使衣領傳來微乎其微的檀香味。

28

十一年前

我知道提姆不欣賞史恩，一直希望我們分手，但他現在的指控有更進一步——他認為我男友是殺人凶手。

「提姆，」我將音量壓到最低，「你是說你覺得史恩他……？」

閃電落下，提姆雙眼一瞬發亮。「這是他家，凶手能夠事前佈置的話……」

「可是他為什麼這麼做？」

「他為什麼動手打人？因為人品有問題。我一直都是這麼告訴妳的，卜珂。」

感覺雙腿又發軟了。史恩不是壞人，提姆不像我一樣熟悉他。如果史恩在房間那種溫柔貼心和愛在平時也展現出來，提姆應該就不會心存成見。他才不會傷害別人。「但為什麼殺死布蘭登？他們倆是死黨。」

「死黨？」提姆搖頭，「我不覺得這兩個傢伙明白什麼叫友誼，明明是朋友卻又看彼此不順眼。」

「怎麼會？」

「信不信由妳。」

「先告訴我一件事。」我瞇起眼睛盯著提姆，「你和史恩兩個人先前在客廳說悄悄話，到底說了些什麼？」

他愣了一下。「什麼？」

「剛進史恩家，你們兩個偷偷聊了一些事情。你到底對他說了什麼？」

即便屋子裡一片黑，我還是能看見提姆下巴微微抽搐。「只是警告他，不要辜負妳。」

「就這樣？」

「聽我說，」提姆扣住我手腕，「這不是能開玩笑的事情。史恩是個危險人物，你們剛才出去的時候我先在房子裡找了能防身的東西。」

這時候我才注意到他另一隻手握著什麼，而且從茜爾希與我進門就拿在手裡直到現在。

我在黑暗中瞇起眼睛仔細看。是球棒。

「比刀子長，」他繼續說，「要是他意圖不軌，我就朝他頭上一棒過去。」

「隨便你……」今夜已經谷底了，就算史恩腦震盪也談不上慘。

提姆盯著我看了一會兒。「記住不要走散就是了，我會保護妳。」

這點我倒是相信。

回到客廳，茜爾希還躺在沙發。往好處想，她胸口沒有被開洞、沒有一大片血漬。史恩也回到客廳了，正試著甩乾頭髮和衣物上的雨水。雖然太暗看不大清楚，但還能分辨出他去過室外，就像泡過水一樣。

「收得到訊號嗎？」我問。

「抱歉，沒辦法。」他用力踩腳，想將水和泥巴從布鞋擠出來。「看樣子得撐到早上。」

沙發上，茜爾希坐起身。「凱菈在樓上不知道怎麼樣？」

我拉了一下雪花項鍊。「是不是該上去看看？」

「看幹嘛？」史恩問，「她又不希望我們靠近。」

「是沒錯，但那是因為她嚇壞了。」茜爾希解釋，「現在可能冷靜一些，大家還是不要分散比較好？」

我們三個沉默一陣，思索茜爾希的提議。先前凱菈表現得歇斯底里，我其實不太想接觸，畢竟自己心也還沒定下來。然而反過來說確實很擔心她狀況，情緒那麼激動的人有可能做傻事。

「去敲門看看好了，」提姆說，「要是她吼我們，就讓她獨處吧。」

沒人想被留在客廳，所以大家一起上樓。樓梯間同樣暗，我怕跌倒就抓著扶手。雖然看不太清楚，還是能感覺到提姆右手握緊球棒守在自己身旁。

凱菈進了同一個房間，之前茜爾希尖叫驚醒眾人時她和提姆睡在裡頭。至少我是這樣猜測，因為幾間臥室就只有那扇門關起來。茜爾希帶頭，小心翼翼走向門口，猶豫片刻以後握拳敲門。

沒回應。

「凱菈？」茜爾希叫道，「妳沒事吧？」

仍舊沒回應。

茜爾希清清喉嚨。「我們不會破門而入啦，只是問一下妳狀況好不好。」她稍微等了等，「凱菈？」

樓上窗戶射進一絲微光，我看見提姆望過來。四目相交後他搖搖頭，手中球棒蓄勢待發。

茜爾希回頭朝我們問：「她都沒反應，該怎麼辦？」

「那扇門根本沒有裝鎖頭。」史恩開口。

「我……」茜爾希聲音顫抖，「我不敢。」

沒等大家討論，史恩直接穿過她咔嚓一聲轉動門把推開來。

房間裡頭也昏暗，但比走廊這邊好些，加上我們四個的眼睛已經適應環境，所以一些小細節也能夠看清楚。比方說角落有個書櫃、床擺在中間。

還有凱菈倒在床上，胸口一大片血漬未乾，雙目直直瞪著天花板。

29

現在

范寧先生手指骨斷了。

怎麼斷的我不知道，雖然送去放射線科照X光之前問過，但他始終言辭閃爍。片子出來，手指中節骨折，我與本地醫院放射科通電話，請對方提出正式報告確認骨折處並非關節也沒有錯位。看起來只是一般骨折，可以簡單靠併指貼紮的手法處理。

掛了電話以後我走出診間，看到范寧先生坐在等候區塑膠椅子上和懲教員杭特有說有笑。通常杭特對囚犯很兇，所以我有些訝異。

「范寧先生，」我開口，「請回診間。」

他從椅子起身都忍不住一直咕噥。范寧先生雖然才五十出頭，肚子卻大得能撐開卡其連身囚服，中央型肥胖症程度太高，我推測五年內就會引發嚴重心臟病，不過等他開始胸部劇痛我應該也換了更好的工作。

想必范寧在杭特眼中不構成安全漏洞，否則不會將門掩到九成緊。范寧捧著自己右手手掌爬上診療台，雖說骨折不算嚴重，但正好是慣用手，所以很不方便。

「斷了嗎？」范寧的黑眼圈好像加深了，「斷了對吧？」

「是斷了，」我回答，「不過只是小骨折，不必出去也能治療。」

他看著右手一臉懷疑。小指幾乎變成紫色，無名指雖然狀況也不好，但至少沒折斷。幸好沒戴戒指，不然或許要截肢。

「會癒合得很好，」我安撫道，「別擔心。首先得固定。」

「嗯，卜珂，」他說，「聽妳的辦。」

他願意配合再好不過，囚犯能夠進行醫療諮詢的管道有限，而目前並沒有醫師為我的說法背書。獄友也有人權，因此若他堅持找律師介入就有大麻煩了。幸虧多數囚犯不知道自己有這項權利，又或者不太在意，加上我也是盡可能提供最好的醫療照顧。

我從抽屜找到紙膠帶，將他那兩根手指纏在一起。

范寧看著包紮過程，神情越來越焦慮。「就只有這樣子嗎？」

我邊繞膠帶邊解釋：「這是標準治療手法。簡單的骨折只要固定住就可以了。」

「這樣就會癒合？」

「當然。」

我把纏好的膠帶拉平，他疼得臉皺了。「聶爾森那個混蛋……」

聽見那三個字我猛然抬頭。「嗯？」

「沒事。」范寧瞪大眼一臉驚恐，「我沒講話。」

「范寧先生，」我多纏上一層，「可以麻煩你告訴我事情怎麼發生的嗎？」

「不是說過了，」他別過臉，「被門夾到手而已。真的。」

或許他沒說謊，手指真的是被門夾斷，問題是在於門關上的時候他手臂是否被某人制住動彈不得？若真如此的話對方非常兇狠，意圖截斷范寧慣用手兩根手指。

然後他為什麼會說出聶爾森這個姓氏？

話說回來聶爾森這三個字並非多罕見。即使我不記得在病歷裡看過還有人姓聶爾森，不代表沒人名字叫做聶爾森，對吧？

確定紙膠帶纏得夠緊、手指無法彎曲，我對范寧表示可以回去休息了。他依舊狐疑地看著手指，還不相信僅憑膠帶就能治好骨折，但沒多說什麼。

「一週後回診，」我吩咐：「看看復原得順不順利。」

他點點頭。「麻煩妳了，卜珂。」

「別再讓手被門夾到嘍。」

他五官一皺。「也不是我願意的。之後會小心。」

范寧滑下診療台，我請杭特送他回去。站在走廊望向兩人背影，我心裡忍不住反覆那句話。

聶爾森那個混蛋。

說的應該不是史恩才對。就算史恩在外頭是危險人物，進了這所監獄也算不上什麼，甚至反過來會成為大家欺負的目標，怎麼可能還有餘裕去折斷別人指骨。

當然我自己也很清楚：其實我並不確定史恩這個人本事有多大。

30

這個週末，提姆要過來和喬許一起蓋鳥屋。

過去一小時裡，喬許提起這件事情可能上千次。我還以為小孩子長大以後應該比較不那麼煩人，但看兒子興奮的模樣也是很開心。本來以為暗中得知提姆並非生父之後他會態度冷下來，結果完全不是那麼回事，這兩週感覺他們更親了。

提姆和我之間也是。

週六大概上午十一點提姆來按了門鈴。之前為了預防萬一和他這位鄰居交換過鑰匙，但提姆還是都會按門鈴令我安心不少。儘管我們這麼熟了，他直接進門也真的沒什麼，但我們刻意放慢腳步，所以仍舊維持彼此之間的界線。

一開門看見提姆右手抱著幾塊木板、左手拿著一本精裝書。他朝我身後望去：「喬許還在樓上？」

「對啊。」

他點點頭就湊過來吻我。我們盡量不讓喬許知道這段關係在發展，當然遲早得告訴他，只是我想到那場面還是焦慮。這些年尚未與男性密切到必須告知兒子，真要開口就是大事了。

我很幸運，提姆能夠理解，也願意等待。

一聽見蹦蹦跳跳跑下樓梯的腳步聲他就立刻鬆手退開，接著喬許馬上衝過來。「要做鳥屋了嗎！」

「沒錯！」提姆把木板放在地上，另一手遞出那本書。「不過先來個驚喜。」

我這才有機會看個清楚，然後一看見封面我心沉了下去——是高中畢業紀念冊。

提姆幹嘛帶這種東西來？我自己那本都不知道丟哪兒去了，可能打從一開始就沒到過我手上，因為畢業前一大段時間我都留在家中自學。更重要的是，我並不希望看見畢業紀念冊，更不希望喬許看到內容。

萬一他看到史恩的照片，發現父子倆是一個模子刻出來的，該怎麼辦？

「這是我們的高中畢業紀念冊。」提姆告訴喬許：「要不要看看你媽和我小時候多呆？」

我內心驚恐飆高。「提姆——」

「別擔心，」他湊過來耳語，「裡頭沒有那個人。」

喔，想想也對，學校理所當然會將犯下多起命案的人排除在外。總算可以鬆口氣。

喬許對我們的畢業紀念冊異常積極，所以三個人坐在廚房，他直接翻到有我大頭照的那頁。照片是在人生天翻地覆之前一個月拍的，我的狀態還不錯，髮型放在今天看也不至於尷尬，母親準備的襯衫有股清爽的專業氛圍。現在照鏡子已經找不回當年那股柔和，經過那一夜什麼都變了。

「哇，是提姆！」喬許大叫著將畢業紀念冊高舉到提姆臉頰旁邊，「看起來差好多，你以前好瘦喔！」

「是呀……」

我笑了起來。「以前長得挺帥的。」

「嗯，是這樣嗎？」他從桌子底下偷偷捏我膝蓋，「我怎麼不知道妳是這樣想的。」

當年他就挺帥的沒錯，但不像高中時代的史恩風頭很健，女孩子會迷誰是一目瞭然。

喬許繼續往後翻，非常認真觀察每一張照片。到了姓氏N開頭的部分我屏息以待，不過正如提姆所言，史恩並沒有被收錄在畢業紀念冊之中。

我站在喬許背後望向那些熟悉面孔。經過布蘭登・詹森，底下加了「緬懷」兩個字，我看了心頭一緊。為什麼會這樣呢。

「等等，」我喊道，「停一下。」

喬許翻到姓氏H開頭的地方，我從他手中將紀念冊取過來盯著看那頁右下角的照片和姓名。

馬可斯・杭特。

我的天，不就是懲教員同事嗎？

沒看到這頁根本不可能認出來。高中那時候他還有娃娃般纖細漂亮的金髮，五官與現在是神似，不過當時瘦瘦高高還戴眼鏡。

杭特為什麼沒提過我們同所高中呢？

我指著那張照片。「提姆，你記得這人嗎？」

「嗯，馬可．杭特啊。有印象。」

我搖搖頭。「不太記得。」

「是個有點奇怪的人。」提姆稍微小聲了些，「而且被妳認識的那些橄欖球校隊隊員打到住院過。」

一切忽然串起來了。難怪杭特那麼討厭史恩，用盡手段折磨他。

以為能夠瞞一世嗎？我會讓那混蛋知道自己大錯特錯。

31

十一年前

凱菈死了。

一眼就能夠肯定了。不必等提姆一手握著球棒一手顫抖地探她脈搏，也不必等茜爾希跪倒下去臉幾乎貼到地板，雖然我也覺得自己身子正發軟。

振作，卜珂，別在這時候崩潰。

提姆自凱菈遺體退開，比看見布蘭登被殺害時更顯動搖。畢竟幾小時前才和人家親熱過，內心衝擊一定很強烈。

還有一個不同點：布蘭登的屍體在房子外頭，還能自我安慰是正好有瘋子經過，或許雙方起了衝突，畢竟布蘭登是那種脾氣的人。現在狀況完全不同，凱菈沒有出去過，換言之殺害她的人進了屋內。

或許就在身旁。

「你！」史恩指著提姆叫道，「是你幹的。」

「我？」提姆按著自己胸膛，「你瘋了嗎？」

「兩個女生出去後門，我到外頭試手機訊號，那時候只有你一個人在屋子裡面。」史恩聲嘶力竭，「只有你有下手的機會，不是你還能是誰？」

分析得頗有道理，論機會確實只有提姆一個可能性。但不可能是他，絕對不會是提姆。比起提姆，我寧可相信凶手是自己。

「我為什麼要殺她？」提姆駁斥。

「我哪知道，也許你是變態？」史恩說，「被她拒絕了就惱羞成怒？」

「荒謬！」提姆瞪大眼睛，「你一個人跑出去外面，誰知道會不會趁其他人在樓下就爬窗戶進來殺人？凶手可能就是你！」

「拜託，這裡可是二樓。你當我什麼，蜘蛛人嗎？」這句話也很有道理。

提姆朝史恩邁一步還舉起球棒。「你用什麼鬼辦法天知道，也許搬梯子之類，問我幹嘛。反正不是我，也不會是茜爾希或卜珂，不就只剩你了嗎？」

「瑞斯你照子放亮點，」史恩語氣猙獰起來，「最好別動歪腦筋，以為拿那玩意兒就能跟我動手。」

「有必要的話。」

我心臟跳得跟電鑽一樣猛。轉頭望向茜爾希，她已經重新站好，與我在黑暗中交換眼神。

情勢如何發展我們兩個無法掌控，但感覺很難善了。我拚命思考會不會自己說些什麼就能夠轉圜，可是氣氛已經箭在弦上。

「卜珂，」提姆的聲音進入腦袋，「妳相信我，對吧？我不會傷害別人，但史恩……就不一定了。」

史恩也轉過頭來。「卜珂，妳不會真以為人是我殺的吧？提姆才是留在屋子裡的人！」

我張開嘴，卻不知道自己究竟該回應什麼。但我還來不及火上澆油，有人抓住我手臂。是茜爾希。

「你們兩個都去死！」她罵道，「卜珂，快走！」

史恩和提姆看傻了，而我沒能抵抗就這麼被茜爾希拖進史恩房間。她重重甩上房門，整個身子壓著不放，喘了好一會兒。

「不知道凶手是誰，」她眨眨眼忍住淚，「反正是他們其中一個！得想辦法撐到能有人從外面進來，過來幫我擋門！」

我盯著房門不知所措。雖然茜爾希說得沒錯，我們兩個是彼此的不在場證明，那麼必然是提姆或史恩其一殺害凱菈，避開他們才安全。

問題在於這同時代表他們其一不是凶手，我們兩個獨善其身，最後一個無辜的人只能坐以待斃。

「茜爾希——」

「卜珂！」她哽咽地說，「妳到底還想不想活過今天晚上啊！」

想，我當然想，可是凱菈難道不想嗎？她也把自己鎖在房間，結果還不是死了。

但為了讓茜爾希冷靜，我還是暫且配合。史恩的書櫃很重，我們推不動，只好把書堆在門板前面。說真的我並不認為這麼做有用，兩個男生憑力氣還是能夠衝進來，聊勝於無罷了。

有人敲門。「卜珂？茜爾希？」是史恩的聲音。

「滾！」茜爾希尖叫，「天沒亮我們不出去！」

我覺得這計畫不妥。她和我的手機放在樓下，換言之我們早上必須走出房間，而真凶如果有意大可在那時間動手。

「夠了，別發神經！」史恩在外頭大叫，「快點出來，大家待在一起才安全。」

「你休想！」茜爾希雙臂抱胸，「別白費唇舌了。」

其實我心裡覺得史恩說得沒有錯，所有人集中才是最保險的做法。無論凶手是誰都沒辦法一對三，落單才是最大的破綻。

「卜珂？」換成提姆，「妳還好嗎？」

我手按著門板。「嗯，沒事。」

他安靜片刻才繼續說：「妳們兩個就先留在裡頭好了。」

這句話語氣帶著一絲猶豫，我聽完也止不住雙手顫抖慢慢退後。提姆說得對，我和茜爾希得待到天亮。

因為這是唯一的機會。

32

現在

馬可斯・杭特道早安的時候送上一杯咖啡。

這已經成了慣例。帶第一個病人看診前，杭特先拿著熱咖啡來找我。也不是特地準備，直接從警衛室那壺倒出來的。但也算貼心，一大早有熱咖啡喝感覺確實不錯。

以前我媽總說男人獻殷勤必有所求，即使她無法再對我說教，至少這件事情我信了，所以思索著找什麼機會提一下自己已經交了男友。

然而今天我氣壞了，懶得跟他客氣、保全他的顏面。

「有糖和奶精。」杭特左手端著咖啡，右手遞上兩小包佐料。「我知道妳喜歡自己調分量。」

我清清喉嚨。「方便聊一下嗎？就我們兩個。」

杭特眼睛都亮了。「當然。」

好笑，他大概以為我要主動。

進了診間，我掩上門。腦袋裡有個聲音說與這人獨處似乎不是好主意，尤其我還想著與他對質。然而在走廊上講那些更不恰當，儘管現下這場面可能導致他誤會成兩情相悅。

「馬可斯，」我壓低嗓音，「你為什麼沒告訴我，我們高中根本是同班同學？」

他聽了一呆，張開嘴巴卻沒立刻回話。

「不必否認。」我補上，「看畢業紀念冊的時候我發現你的照片了。既然我們同一班，想必初次見面你就知道我的身分。」見他想開口，我立刻提醒：「別再騙我了。」

「好吧。」杭特雙肩一垂，「對，我是馬上就認出妳了。高中最後一年，班上有女孩子差點被男朋友殺掉，想忘掉也不容易吧。」

「你也沒提起史恩曾經和朋友圍毆你。」我雙臂交叉在身前，「你被打到住院。看樣子這麼多年都懷恨在心吧，現在立場顛倒了就想報復他。」

「妳這話，」他回答，「就誇張了。」

「是嗎?請問根據監獄規定，史恩犯了什麼錯讓你可以那樣子對待他?」

杭特面色陰沉。「還需要等到犯錯嗎，那傢伙是怎樣的人我清楚得很，他往妳肋骨踹一腳以後還會哈哈大笑呢。」他手緊緊握拳，「卜珂妳分明也心裡有數，我不懂妳怎麼還想維護他？」

問得非常好。我也該痛恨史恩。看到他被關進監牢、手腳上銬要開心才對。害我吃了這麼多苦，最希望他遭報應的就是我。

然而自從我看見他躺在病床的模樣，壓在心底的那些憤恨似乎煙消霧散。或許因為他是我孩子的父親。又或許，還有別的理由。

我出庭作證的當下內心十分肯定——想用項鍊勒死我的一定是他。但後來越仔細想越覺得不對勁，總感覺那個夜晚的經過空白了一塊，有個關鍵細節自己始終沒發現。

這感覺越來越強烈。

杭特朝我湊近——太近了些。「外面沒人管他死活，我可以讓他為自己對妳做過的事情真正付出代價，妳要我做什麼都行，比方說關他禁閉幾個星期幾個月都沒問題。也可以讓他被打個半死，以後再也沒辦法走路。只要妳開口。」他朝我眨眨眼睛，「聶爾森還以為我已經在折磨他，太天真了。」

我胸口一緊。「根本沒要你做那種事！」

「哪部分？」

「全部！」我用力嚥下口水，「我……希望你放過他。」

「妳說什麼？」

「不能這樣下去。」我提高音量想表現得意志更堅定，「從今天起，你得把他當成活生生的人看待。」

杭特撇撇頭。「我怎麼不覺得妳有立場對我指指點點。明知謀殺自己未遂的犯人會來看病，卻還應徵這份工作的是誰？如果朵洛絲知道這件事，不知道會怎麼說呢？」

唔，對方一針見血，而我節節敗退。

「其實呢，」他繼續說，「如果妳想保住工作，好像應該考慮找一天下班之後陪我去喝個小酒才對。」

我仰頭回答：「但我有男友了。」

「不會是說提姆．瑞斯吧？」他看我臉上吃驚就笑了起來，「怎麼，那傢伙每天晚上都跑妳家，就算不是福爾摩斯也猜得到啊。」

難以置信，我忽然非常後悔自己挑起事端，更後悔居然找他在房間獨處。「你監視我？」

杭特聳肩。「開車經過妳家幾次罷了。提姆那個人我從高中就認識，很保險但也很無趣的選擇。除此之外……」他微微露出一口黃牙，「妳居然有個小學五年級的孩子，有趣。以妳的年紀，孩子這麼大挺不尋常吧，十年前不知道和誰約會呢……」

呃，不要，不……

「想必聶爾森對這件事情會非常、非常有興趣。」杭特假裝沉思，「還挺想看看他會是什麼表情呢。」

「請別告訴他，」我低呼，「拜託你。」

杭特臉上那抹笑意讓我想朝他鼻梁一拳揮過去。「別擔心，卜珂，」他回答，「我會幫忙守護妳所有的小祕密，不過妳是不是該對我好一點才對呢？譬如，以後每天早上妳幫我倒杯咖啡如何？」

「可以。」我立刻答道。

他冷冷看了我一會兒，我擔心還會有別的要求。幸好沒有。杭特只是搖搖頭。

「可惜了，卜珂，」他咕噥，「為了一個人渣。」

撂下這句話之後，杭特掀開門快步離去。

33

今天目標是得到史蒂芬．班頓懲教員一個微笑。

每天進入監獄的第一站就是班頓先生。走過室外操場的時候還是多少有種心驚膽跳的感覺，原因就是沿著圍牆矗立的那些哨塔。雖然沒真的看見警衛荷槍實彈，但心裡知道他們一直看著，若有必要隨時會射擊。

進入室內就照老規矩。首先穿越等候區，櫃檯小姐簡恩已經認得我，會立刻按下按鈕打開柵欄並揮揮手示意我可以進去。現在那個警笛聲也嚇不太到我了。再來就是要向班頓先生報到。

「早安！」我打招呼同時把包包放在他面前桌上送進機器掃描，「今天好嗎？」

班頓悶哼。「還好。妳呢？」

「嗯，老樣子嘍。」我穿過金屬探測器的時候還是下意識閉氣，明知道沒意義但就是忍不住。「昨天巴雷特先生又來找我，你記得吧，就是以前在外面當英文老師那位？他嘴巴好甜。」

班頓抬頭，起了點興趣。「是喔？」

我點點頭。「他說等他出獄就娶我。」

「真的？」

「是呀，可惜不是求婚就能終止刑期❼。」

這笑話真的很冷，雖然不完全是瞎掰，例如巴雷特先生以前真的是英文教師，也真的不要臉愛對我說些肉麻的話，但其他部分就是我胡說八道——可是班頓先生嘴角微微上揚，幾乎笑了。我覺得算是一次勝利，於是走向診間路上多了份雀躍。

直到看見朵洛絲在門口雙臂抱胸等著我。好極了，又出什麼事？

「卜珂，」她語氣尖銳，「有事和妳談。」

「怎麼了？」我瞄一下手錶，「病人馬上要進來了。」

「別在這兒談，去我辦公室。」

她手指一比，我也只好默默跟在後頭。明明可以在診間談，那樣感覺是在我的地盤上。結果現在朵洛絲在自己位置，而我只能坐她桌子前方的小椅，彷彿學生被校長訓話。我努力回想自己做了什麼事情可能觸怒她，但這人地雷實在太多了，隨便都會踩到，所以我一直避免接觸。

❼ 英語中，「求婚」與法庭上的「提案」為同一詞（propositoin）。

朵洛絲坐上她的人體工學皮椅後視線刺向我：「早上有人送貨來。減壓床墊。」

儘管氣氛緊繃我心底還是歡呼。距離我填寫杭特給的表格已經好幾週，打電話聯絡幾次沒得到結果，還以為沒指望了。「卡本特先生的床墊送到了？」

「卜珂，」朵洛絲嘴唇抿成一線，「不是已經跟妳解釋過了，我們沒有足夠資源能給每個病人準備特製床墊。」

「卡本特先生是特例，他下半身癱瘓，骶骨周邊的壓瘡無法癒合，買床是醫療處置的一部分。」

「舒服的床怎麼能是醫療處置呢？」

剛進入監獄工作就對朵洛絲有種熟悉感，這下總算明白怎麼回事——她好像我媽。看她那張方臉在桌子對面微微仰起黝黑下巴，腦海不由自主浮現以前自己母親怎麼大呼小叫。我媽總覺得她比我懂，完全拒絕溝通，不聽她的就去死。

妳該不會想留下那畜生的孽種吧？門兒都沒有，我不准！

結果我還是保住了孩子。那一次我沒被自己母親宰制，今天也不會受朵洛絲左右。我再也不想當無奈的那一方。

「不是舒服的床，是壓力舒緩床墊。」我瞪著她不退讓，「沒有床墊的話，他最後得送醫，甚至動手術。」

朵洛絲嗤之以鼻。「誇大其詞，妳剛從學校畢業五分鐘嗎？我當護理師多少年了，難道還不能分辨什麼是病人的需求、什麼是病人無理取鬧嗎？」

真不敢相信自己的耳朵，我右手下意識握緊拳頭，情緒實在有點難以壓抑。說老實話，到現在沒人動手揍她還真不可思議。搞不好打過了我不知道而已，可惜沒親眼見證。

「朵洛絲，請聽我說。」我回答，「雖然我不像妳一樣資深，但我很肯定卡本特先生罹患了十分嚴重的壓瘡，不好好治療只會繼續惡化。我都已經為他訂購了床墊，如果妳還執意擋下不給他使用，我只好聯絡本地媒體，請外界關注監獄囚犯缺乏醫療照護的問題。」

她嘴巴合不攏。「妳這是威脅我？」

「當然不是，」我說，「單純為病人爭取合理權益罷了。妳我意見不一致，或許就由妳向媒體解釋緣由。」

「卜珂——」

「此外，」我補充，「也想請妳以後記得追蹤監獄藥局的利多卡因存量。我不想又一次在沒有麻醉的情況給人縫合傷口了，實在太不人道。如果又碰上同樣狀況，我會直接將病人送去外面急診，交通費用也得麻煩妳核銷。」

輪到朵洛絲一臉想打人的表情。看她下顎抖動成那樣，大概心裡斟酌著與我爭辯有無益處。被二十多歲的後輩指手畫腳想必不是滋味，但她一定明白我說得沒錯，否則面對記者如何交代，甚至卡本特先生病情惡化時恐怕得跟法官解釋。

「既然東西都送來了，」她最後妥協，「就讓他拿去用吧。但下不為例。」

這種說法只是保全自己顏面罷了，朵洛絲知道道理站在我這邊，口舌之快就隨她去。但病患權益我會顧好，囚犯也是人，必須得到該有的照顧，無論她心裡怎麼想。

34

今天我生日。

而今年確實有很多值得慶祝的事情。去年住在只有一房的公寓，兒子屈就在客廳小床，房東還抬高月租兩百美元。過去兩年我完全沒有約會對象，喬許在學校遭到霸凌每天哭著回家，請的保姆一半時間說不能來導致我急診診所的工作時常遲到。當時父母還在世，但我和他們好幾年沒講過話。

現在喬許在學校過得快活，母子二人住進大房子，各有各的空間。當然還有提姆，雖然才剛開始一個月，但我真的非常喜歡他。

傍晚我準備特別久，因為提姆要帶我出去用餐，就兩個人。本來我說帶喬許一起去，但向瑪姬提起時她一臉惶恐說妳得過個成年人的夜晚呀，結論就是她會幫忙照顧喬許，這樣提姆可以找家合適的餐廳。

盯著房間裡的全身鏡，我覺得狀態還不錯。凸顯胸圍的黑色小禮服搭配黑色中跟鞋，散在肩膀的頭髮看來夠絲滑。而且一下樓，喬許看見我就瞪大眼睛。

「媽，」他說，「妳好漂亮。」

兒子本意是讚美，但訝異程度未免過了點，我有點懷疑平日在他眼裡自己是什麼形象。

「謝謝。」我回答。

他放下電動手把，一臉期待望向我。「今天出去吃晚餐嗎？」

我在他身邊找了位置坐上沙發，將衣服拉平之後回答：「待會兒瑪姬會過來，今天我單獨和提姆出門。」

「喔。」喬許有點疑惑，「所以，提姆是妳男朋友？」

遲早要面對，所以心裡已有準備。提姆和我算是很小心，不希望喬許太快發現媽媽交了男友的事情。他在我家過夜了幾次，手機鬧鐘都設定早上六點，趁喬許醒來之前離開。不過我們明白無法隱瞞一輩子，時機成熟時還是得說。

「嗯，是啊。」我說，「你覺得可以嗎？」

喬許遲疑片刻想了想，「唔，可以吧。提姆很酷。」

「你能這樣想，媽媽很開心。」

「而且他是副校長啊。當妳男朋友的話，我犯錯也比較沒關係了吧。」

我忍不住笑出聲。喬許明明是典型模範生，在學校就算不聽話大概也只是……我還想不大出來呢，或許是看影片的時候在底下偷偷讀書吧。

和他父親截然不同。

聽見門鈴響我就跑過去。有一半機率是瑪姬，但看見是提姆站在門口我還是很高興。他穿深灰色西裝、藍色襯衫也打了領帶，樣子真的非常帥。我一時看呆了說不出話，而且沒意識到他也用同樣眼神盯著我，半晌過後才輕輕吹了口哨。

「哇，」他開口，「卜珂妳差點害我心臟病發。」

提姆探身想接吻，但還沒吻到就聽見喬許小跑步的聲音傳來。他身子馬上縮回去，正好沒讓喬許看到尷尬畫面。

我兒子指著他，像是昭告天下似地。「你是我媽媽的男朋友。」

提姆挑眉瞟我一眼，我點點頭。「他問了，」我解釋之後又補充：「而且他說你很酷。」

「哈，喬許你真給我面子。」提姆按著自己胸口，「可能是這輩子第一次有人說我酷！」

喬許在一旁嗤嗤笑，提姆直接牽起我的手。在兒子面前太親熱感覺還是很奇怪，但牽個手應該不成問題。

「對了，」提姆說，「生日禮物就在我口袋，妳要現在看還是晚點看？」

我眨眨眼睛。「當然是即時滿足[8]嘍。」

「還真是十年如一日。」

[8] immediate gratification，原為心理學名詞。

不是給他的禮物，喬許就不感興趣了，又溜回客廳玩他的電動。提姆與我走進廚房，兩個人坐在一起。他從外套口袋取出一個藍色長方形匣子，明顯是珠寶。

「希望沒讓你破費。」我脫口而出。或許不該這麼直接，但在小學工作總不可能賺大錢，我不希望對方在我身上花太多錢。

「妳值得。」他望著我眼睛，輕輕按著我手掌。「而且不至於，這禮物重點不是價錢，而是它有特殊意義——我想妳一定會喜歡。」

「當然喜歡。」

從小提姆就在挑選禮物這件事情上非常用心，既然是他準備的我相信一定很棒。小心掀開匣子，方形棉塊上有一條金鍊，我挑在手中直到看見下面的鍊墜。

雪花。

我立刻像是碰到強酸一樣將項鍊甩開，而且強烈嘔吐感湧上咽喉。和當初那串幾乎一模一樣，就是十年前史恩想用來勒死我的雪花項鍊。

於是我猛然跳起，椅子被我撞得搖搖晃晃。感覺氣管被什麼東西箍著，那鍊子將過去的記憶全部喚回來了。

提姆跟著起身。「卜珂？怎麼回事？」

「你怎麼會送我這個？」我尖叫。

「我……怎麼了嗎？我不懂。」他額頭緊皺，「不是和妳十歲那年我送的禮物一樣嗎？看妳都沒再戴過，我想應該是不小心弄丟了，上個月在跳蚤市場看到這條就買下來，想說——」

「史恩用那串項鍊想要勒死我！」

提姆一臉茫然。「真的？我以為他是用……手……」

呼吸變得好急促。太急促。「才不是，他是用我的項鍊。你送我的那串項鍊！」

「對不起，卜珂，我真的不知道——」

提姆過來想摟我，但我不僅立刻閃開，還朝著浴室方向衝過去。他沒來得及拉住，我已經將門甩上鎖好。得花點時間先鎮定下來。

一個人在浴室內，我盯著化妝鏡內的自己。本來為了今晚有上妝，現在別人看見的話一定無法想像：我整張臉失去血色，眼睛底下黑紫色變得好明顯。

可是提姆怎麼會忘記？史恩受審的時候，我出庭作證提過這件事，當時他明明坐在旁聽席上。我非常肯定，因為在台上講話很緊張的時候，都是望向他才覺得自己不孤單。畢竟那一夜，提姆也在場。

所以他怎麼可能忘記我差點被雪花項鍊害死？

和提姆．瑞斯保持距離。他太危險了。

不行，得趕快鎮定。雖然提姆聽過我證詞，但不至於過去十年被雪花項鍊的惡夢糾纏，忘記這點小事也不算奇怪。相比之下，這個解釋比起他刻意買雪花鍊墜嚇我來得合理許多。

「卜珂？」提姆輕輕敲著浴室門，「妳還好嗎？」

我深深吸氣、緩緩吐出。總不可能整個晚上悶在浴室裡，遲早得出去。

於是我打開門，提姆就站在面前，表情十分恐慌——和我差不多糟糕。

「真的很抱歉，卜珂。」他說，「是我腦袋太差，居然完全忘記這件事。」

「沒關係。」我嘴上這樣講，但心裡很難沒芥蒂。

「我再找別的禮物，」他發誓，「一定會找個很棒的給妳。」

他張開雙臂，我雖然遲疑，還是讓他抱住。過不了幾秒，也自然軟在他懷中。

「希望沒壞了今天的氣氛。」他低聲說。

「不會啦。」

一直懸著心也不是辦法。人家顧念舊情才精心挑了那種禮物討我歡心，事前怎能預料我會是這種反應？還是得放下，好好享受一年一次的生日。

35

十一年前

我和茜爾希喘不過氣，直到提姆與史恩的腳步聲順著樓梯遠去。聽起來是兩個人的腳步聲，換言之他們都還活著才對。

「得找東西防身。」茜爾希盲目在史恩的書桌抽屜亂翻，而我則想起提姆手裡的球棒。「最後總是得走出這個房間。」

我往床鋪一倒。晚上史恩就在這裡得到我的初夜，不就幾小時前的事情嗎，怎麼感覺恍如隔世？現在將手指放在唇邊彷彿仍能嚐到他的氣味，鬍後水的檀香也還在鼻腔繚繞。

此時此刻應該跟著茜爾希一起找武器。她說得沒錯，待在原地咬手指無法解決問題。但我控制不了，思緒在腦海中不停旋轉。

「妳真的相信他們其中一個是殺人凶手？」我脫口而出。

茜爾希翻東西翻到一半停下來站直望向我。「唉，卜珂……」

她走到床邊坐在我身旁，伸手摟住我肩膀。壓力瞬間排山倒海而來，我終於也忍不住了，今晚第一次痛哭流涕。布蘭登死了、凱菈死了，嫌疑犯正好是世界上我最在乎的兩個男孩子。

而且我還不知道誰是真凶。

「怎麼可能是他們。不可能，絕對不可能。」我邊擤鼻子邊抬起頭問：「對吧？」

「唉，卜珂……」茜爾希掐掐我肩膀，讓我靠著她被雨水和血水打濕的上衣。「我懂的，史恩是妳男朋友，提姆是妳青梅竹馬，但事實擺在眼前，這屋子裡沒有別人，所以只能是他們兩個其中之一。」

鼻水流個不停，我揉了揉繼續說：「那……那妳覺得是誰？」

茜爾希遲疑一下才回答：「我也不知道。」

「妳有想法，只是不想告訴我吧。」

她長嘆後回答：「好吧，我覺得是提姆。」

我十分訝異，抬頭望著她。還以為答案會是另一個。「提姆？但——」

「他是凶手才合乎邏輯啊，卜珂。」茜爾希撥開一綹濕髮，「史恩說得沒有錯，就時間來看只有提姆有機會上樓動手。加上他和凱菈親熱了整夜，人家根本不認識史恩啊。」

「但是——」

怎麼可能是提姆，怎麼可能是我從小到大最好的朋友、我初吻的對象，與我最熟也什麼都會答應我的那個人？我下意識伸手撫摸雪花鍊墜，腦海浮現自己打開禮物盒時他開心的神情。

「更何況他還和崔西・基佛約會過。」茜爾希繼續提醒，「這不是很奇怪嗎，與謀殺受害者約會過不止一次，卻認為沒必要對任何人提起？太可疑了吧，卜珂。」

「我知道，可是……」

「再來，他挫折感一定很大吧。」茜爾希還沒說完，「妳和史恩交往了，但他也想得到妳啊。」

我轉頭瞪著她。「妳這話什麼意思？」

她很戲劇化地嘆息好幾秒鐘。「少來了，卜珂，提姆多喜歡妳難道妳本人還不知道嗎？」

我悶哼回答：「他哪有，我們只是朋友而已。」

「是、是。妳把人家當朋友，人家卻是非妳莫屬。」她將臉別到一旁，「還以為妳早就知道了才對，真的都沒看出來？」

我又伸手觸碰項鍊，但手卻顫抖起來。茜爾希的分析正確嗎？我一直以為提姆瞭解自己立場。當然他小時候說過什麼長大結婚之後如何如何，但那時候彼此都還是孩子啊。

然後，沒錯，我們接吻了，但也就那麼一次。雖然持續了二十分鐘。不過只是練習，又不是認真的……

唉，天吶，她說得對。

提姆真的喜歡我。

36

現在

「好，」提姆開車從餐館回家時對我說，「現在請妳以往年生日為基準，對今年的生日做評分。」

雪花鍊墜誘發的恐慌反應消退，我與他還是度過一個美好夜晚。兩人獨處自在多了，怎麼親暱都無妨，不必擔心會嚇到喬許。而且第一杯紅酒入腹之後，提姆這個人還真的挺熱情。

「是說一到十分那種嗎？」護理學校出身，我下意識聯想到疼痛評估量表之類的東西。

「不是啦，」他朝我一笑，車子正好停下來等紅燈。「是說在妳所有生日經驗裡面第幾名？比方說有沒有前五……」

「前十有吧。」

「才前十！」他一派受辱地說，「就叫妳點龍蝦吧，那樣一定能進前五。」

我笑道：「跟那沒關係，雞排很好吃。」

「問題是……」車子繼續向前，他右手輕輕放到我膝蓋。「妳大概也不記得五歲之前怎麼過生日的吧，所以前十聽起來就不怎麼樣。」

「很棒好嗎。」

「還是我該想點別的辦法，讓今天晚上擠得進前五……」

「也許可以喔。」

擠不進前五的真正原因當然與餐點無關。餐點很美味。也與他待會兒在房間表現如何無關，他一直表現很好。可惜他送我雪花鍊子的當下今夜氣氛就毀掉大半，再怎麼不願回想也很難徹底趕出腦海。

「另外，」他補充，「我有好消息告訴妳。」

「什麼好消息？」

「我可以給妳介紹新工作。」他掐了掐我膝蓋，「一個朋友在離這裡十五分鐘的家醫診所工作，他們正在找專科護理師，而且很急，希望盡快聯繫。」

「喔……」

「不好嗎？感覺適合妳，而且就不必待在監獄了。」

「嗯，只不過……」我拉了拉黑色禮服，「我和監獄簽了一年合約，所以……」

「這沒關係吧，不至於不放人才對？提前一個月通知就好。」

「不確定。」

又要等紅綠燈，提姆轉頭看著我，眼白在月光下微微發亮。「妳想換工作對吧？應該不想一直待在男子監獄裡？」

我有點侷促。「也沒你想像的那麼糟糕，多數囚犯能有人給他們看病是很感恩的。」

「更何況，」提姆自顧自接下去彷彿我沒插過話一樣，「史恩．聶爾森也被關在裡面。我真不懂妳明知道可能碰上他怎麼還做得下去，要是得給他治病怎麼辦？」

先前稍微談到過我在史恩受囚的監獄內工作一事。提姆非常訝異，但我解釋過了，那時候找不到別的工作，他聽了才勉強接受，但要我發誓不會給史恩做診療。

也就是，我撒謊了。

「要是得給他治療，」我回答，「那就硬著頭皮做。」

「真的假的？妳不過看一眼項鍊都會聯想到那天，好像恐慌症發作似地。再來，我的天，要是他發現妳生下喬許又怎麼辦？」

我不禁蹙眉。提姆因為我進出高戒護監獄而憂心忡忡，但工作環境沒有他以為的那麼差，史恩也沒有他以為的那麼惡劣。

「萬一……」我清清喉嚨，「萬一其實是我搞錯呢？萬一那天想殺我的人不是史恩？」

提姆猛然將手從我膝蓋抽回去。「妳在說什麼啊？」

我抱著自己。「只是後來回想，客廳裡面那麼暗，我什麼都看不見，當然也沒看到他的臉。」

提姆緊急剎車，距離前車車尾僅僅幾吋距離。「卜珂，妳在跟我開玩笑嗎？」

「我只是覺得——」

車子開到路肩，他額頭好像冒出青筋。「就算太暗了妳沒看見，總還有我看見他呀。他拿著刀子衝過來朝我肚子刺，我逼不得已揮球棒打過去，可是那混帳居然沒昏，盯著我的眼睛說下一個就是妳。相信我——凶手就是他。」

後來警察找到提姆的時候他失去意識倒在舊農舍地板，腹部刀傷還不停出血。過去一個月我有幾次機會看清楚那個夜晚留下的疤痕，長度一吋、皮膚稍微隆起，位置就在肚臍旁邊幾吋外。我一直以為刀疤應該更大些。

「我的意思是，」我喃喃道，「那天夜裡真的太黑了。」

提姆別過臉，低頭望著方向盤，視線忽然渙散。片刻後他將車子駛回馬路，兩個人都不再說話，就這麼一路開到我住處。

「抱歉，」停在我家前面他才又出聲，「我不該……我明白妳對史恩的感受很複雜，畢竟——」

「沒錯。」我打斷，沒讓他說完。

「但妳得好好想清楚。他那個人心理有病，是不折不扣的壞蛋。如果在監獄裡碰面，就算只是遠遠見到，妳也該趕快轉身朝另一頭跑走。」

我低頭。「我可以照顧自己的，提姆。」

他似乎無言以對，我解開安全帶了還是沒再講話。我不敢開口要他進門，而他也沒開口問。看來這個生日正式掉出前十名了。

進門以後，屋子裡很安靜，只有廚房傳出水聲。可能是瑪姬在洗什麼東西。她老歸老卻閒不住，反倒我很羨慕那份活力。

走到廚房果然看見瑪姬邊刷平底鍋邊哼歌。「啊，卜珂妳回來啦！」她語調很快活，「喬許先睡了。今天玩得愉快嗎？」

「嗯。」

「那就好！」她忽然嘆口氣，「說老實話我還真想念有約會的日子。雖然也很愛我家哈維啦，但就少了點新鮮感。而且提姆真的帥！」

「是啊……」

「眉毛尤其好看。」她補上一句。

「是喔？」

「當然。從眉宇就能瞭解一個男人，眉毛好看代表他有智慧。」

「原來如此……」

「而且，」她還沒說完，「臀部也挺翹。」

我的天。雖然瑪姬是沒說錯，提姆臀部很翹——但從她口中說出，氣氛就是會尷尬。

「唔，代他說聲謝謝？」

「還有啊，他送妳的項鍊好漂亮！得收進首飾盒才對，免得弄壞了。」

我聽了心一沉。先前把鍊子放在廚房就沒多想。正確說法應該是我希望與提姆出門之後它憑空變不見，或至少他看了我的反應以後會丟進垃圾桶別來礙眼。

可是他沒有丟掉，而是留下來給我。

瑪姬拎起外套下班回家，等她離開了我才鼓起勇氣走向廚房那張桌子。藍色長盒留在原位，不是提姆就是瑪姬將項鍊收進去了，所以我可以直接扔掉。

卻不知為何，我選擇打開它。

還勾起項鍊，讓雪花墜飾在半空搖擺。與十歲時提姆送我、我以前總戴著的那串一模一樣。鍊子和墜子都是金色，雪花的六軸鑲了碎鑽。

更仔細觀察，新發現害我心臟差點停下來。

雪花第二條軸最外面缺了一顆碎鑽。和我以前那個墜子一樣。

所以不只設計和我高中戴的一樣，連瑕疵居然也完全複製。

又或者，根本就是同一串項鍊？

因為原本那串我根本不知道流落何方，斷掉之後就沒再找回來。本以為被警方當作證物收起來，但會不會他們並未取走，這麼長時間裡一直在別人手中？

提姆聲稱是從跳蚤市場買來的。跳蚤市場？他說的究竟是什麼地方？我也在瑞克鎮長大，怎麼從來沒聽說過有舉辦跳蚤市場？

難道，他說謊？

和提姆．瑞斯保持距離。他太危險了。

會不會，史恩說的才是真相？那一夜想用項鍊勒死我的不是他？畢竟我沒看見凶手面孔，表示很肯定看見史恩持刀的證人是提姆。雖然我的證詞很關鍵，但將史恩送進監獄的真正推手其實是提姆。

難不成提姆從頭到尾都在騙我？

不對，我不該這麼多疑。提姆已經是我男友了，而且雙方從小認識，我很清楚他是好人，不會騙我、更不可能行凶殺人。說什麼我都不相信。

問題是——項鍊為什麼在他那裡？

37

生日過後，提姆和我又重歸於好。

隔天傍晚他捧著一大束玫瑰過來，補送了一對漂亮耳環。兩人不再提起項鍊的事情，而且我也聽他的，前幾天安排好去家醫診所面試的時間。他說得沒錯，高戒護監獄並非什麼夢想工作環境，更不用說那間診所近得多。

而且離職以後就再也不必見到史恩，算是可以鬆一口氣。應該吧。

提姆和我發展出默契，晚餐後會一起洗碗盤。交往兩個月了，告訴喬許以後他每星期會過來待三、四個晚上。因為住處相距才一條街，也不必搬很多東西過來，需要什麼回去拿就好。

「我們是不是越來越像老夫老妻啊？」將最後幾個碟子上架時我問他。

提姆呵呵笑。「記不記得我們小時候常常聊到結婚以後過怎樣的日子？」

多半是他自說自話，記憶倒是有的。「嗯，記得啊。」

「那時候我認定兩個人最後一定會在一起，好像世界上沒別人能結婚一樣。」

「有印象。」我讓他摟過去，「什麼時候改變主意了？」

「沒有改啊。」

我笑了，但他沒有。提姆凝視我雙眼，神情相當嚴肅。「卜珂，」他開口，「希望妳知道……我愛妳，以前到現在都愛妳，我想以後也還會一直愛妳。」

雖然第一次聽他這麼說，這番愛的告白絲毫不令我意外。之前就覺得他話都到了嘴邊只是沒講出來，而我雖然心知肚明卻又害怕聽見。

因為上一個說愛我的男人想殺我。

不過總不能讓他那句話懸著。顯而易見，提姆希望我能回應。我明白即使自己不表態，他也並非苦苦相逼的類型，但內心想必會非常難受。

「我也愛你。」

他吻了我。我也希望兩人第一次互訴情衷是個值得紀念的美好時刻，心裡卻不由自主回想起之前自己怎麼說出同樣的話。

史恩，我愛你。

幾個小時過後，他用項鍊勒我脖子。

我和提姆的親吻被喬許朝電視螢幕大叫的聲音打斷。明明叫他上樓寫作業，這小鬼居然留在客廳打電動。「哼，」我說，「這小子有麻煩了。」

我走進客廳正好看見螢幕上什麼東西爆炸，就伸手戳戳喬許。「老兄，你該上樓了吧。」

「可是媽——」

「上去。」

「這關打到一半！」

「聽你媽的話。」提姆語氣跟著嚴厲起來。

他和喬許的互動使我有種安心感，尊重我給孩子定的規矩，有必要時會開口支持。加上喬許很喜歡他，兩個人相處的畫面看了覺得暖暖的，無論打電動、打棒球還是修理東西。

兒子咕噥著關了遊戲機，手把扔在沙發上。電視切換到有線訊號，現在播的是夜間新聞。喬許上樓梯時一步一步跺得用力，最後重重甩上門。

「我有那麼嚴苛嗎？」我問提姆。

「沒的事。」他回答：「我剛進學校就是教五年級，這年紀的孩子確實得管一管。但喬許是好學生，懂得在意成績，以後就會感激自己媽媽有在背後推一把了。」

「希望如此……」

視線飄到電視螢幕上的本地新聞，報導說一位名叫克莉・盎德伍的餐廳女侍者沒去上班，經過警方調查發現她已經失蹤兩日。

餐廳女侍？

我仔細盯著畫面上失蹤女性的相片，一眼就認出來了。

酢漿草酒吧的女服務生，高中同校、商場相遇就朝我大呼小叫的那個。她認出我當年作證指控史恩，還要我離提姆遠一點。

提姆也看著電視，節目打出克莉相片時他張大眼睛，緊緊抓住沙發扶手，指節都發白了。

「不就是酢漿草的女服務生？」我盡可能說得像是漫不經心。

「唔。」他視線自電視挪開，「是嗎？或許吧，好久沒去了。我們在一起之後就沒去。」

「你不確定是不是她？不是還一起出去玩過？」

「沒有。」他回答，「呃，我是說，也沒出去幾次。就她下班以後喝過小酒而已，沒什麼。」

「這樣啊……」

我有印象他之前說過約會兩次，而且克莉在超市找我吵架的時候感覺也記憶深刻。提姆只是不想承認而已。

或許是因為，與他約會的女孩子忽然消失已經不是第一次。

「那個，卜珂……」提姆伸手順了順頭髮，但他的手發抖了。「我想先回去。今天比較累，而且明天一大早要開會，所以我睡自己那邊好了。」

本來以為初次互訴愛意之後就該是激情性愛，結果提姆一副急著逃走的模樣，而且從門廊下階梯的時候還差點絆倒自己摔個狗吃屎。

然而他走了也好，因為我想上網好好搜尋克莉．盎德伍的資料。

輕而易舉就查到不少細節。克莉（拼法很特別，以字母 i 結尾）現年二十七歲，在餐館當侍者與在本地大學進修歷史，住處是公寓的小地下室，兩天前輪值小夜班卻沒在酢漿草露面。於是店家報警處理。一份報導提到她有男朋友，但沒特別指出此人是否為嫌犯。

兩天前的晚上，提姆在哪兒……我想不起來。

還好克莉與我不同，在社交媒體極為活躍，網路上照片信手拈來。我查看過去動態尋找異狀，果然在剛進夏天的時候找到一篇貼文。

≫冷知識：小學副校長很會接吻！！！

除非克莉居然與不止一個副校長約會過，不然說的應該就是提姆了。換言之兩人夏天約過會，互動好到親吻收尾。也許過程中就親了。反正重點是她喜歡。

與提姆相關的似乎只有這項。他在社交平台極為低調，克莉也沒有標註過他。除了那個吻，我沒法證明兩人間還有別的什麼。

只不過，提姆明明和人家約了會，卻謊稱與對方沒什麼。

倒不能全怪他，這節骨眼不想提起與我交往前曾經和餐廳女服務生約會也很正常。加上崔西．基佛那件事，提姆應該很不希望再和失蹤女性扯上邊。

所以未必和他有關。說老實話，以克莉的性格來推斷，或許只是一聲不吭跑掉了而已，大概在什麼地方活得好好的。

一定是這樣。

38

十一年前

茜爾希已經在史恩的書桌抽屜翻了二十分鐘，似乎沒能找到充當防身武器的東西。

「什麼都沒有！」她大叫起來，「連一支剪刀也找不到！」

我不知道說什麼好。即使史恩的抽屜裡有剪刀又如何，我無法想像自己拿來傷人，真的有辦法將剪刀戳進別人身體嗎？

「筆可以嗎？」她問，「筆倒是很多。」

我抱住自己膝蓋，整個人縮成球。「拿筆能幹嘛？」

「不知道。戳他眼睛？」

我搖搖頭。「我覺得自己沒辦法拿筆往人家眼睛戳下去。妳行嗎？」

茜爾希站直身子轉頭望向我。房間很暗，看不清楚她表情，外頭閃電時才勉強瞥到一眼。

「有必要的話。如果我和提姆只能活一個，我會動手。」

她語氣好像凶手何人已經塵埃落定，殺死布蘭登和凱菈的就是提姆。但我腦袋還是沒辦法接受，與提姆這麼熟，他怎麼可能呢？雖然我之前沒意識到他喜歡自己，但一碼歸一碼。

「我不覺得人是提姆殺的，」我說，「我不相信他會做那種事。」

茜爾希雙手扠腰。「講到提姆妳就有好大一個盲點。他才不是妳想像中那種好人。」

「明明就是。」

「相信我，他不是。」

聽起來茜爾希知道什麼，但一定是那種很蠢的事情。「他不可能會殺人。」

茜爾希不耐煩咂咂嘴。「卜珂，妳還不明白嗎？除了他沒別的可能性，就他有機會動手。提姆一個人在客廳，隨時可以上樓，剩下的人根本找不到空檔。」

我咬著下唇。這兩週天氣變化，嘴唇乾裂很嚴重，舔了只會惡化，但我忍不住。

「其實，」我說，「還有一個人有機會。」

「誰？史恩出去外面了，沒別的人在場，還有誰能下手？」

「妳。」昏暗中我努力想看清她面容，但只能勉強看見眼影糊成一大圈。「提姆和我進廚房的時候，只有妳在客廳裡。」

茜爾希下巴掉下來：「妳在說什麼啊？」

「嗯……」我字斟句酌，「要合理的話，這樣解釋比起提姆或史恩莫名其妙殺死布蘭登和凱菈更合理。畢竟布蘭登背著妳拈花惹草，次數很多。凱菈先前說人是妳殺的。所以可以推論——」

「好極了！」茜爾希語調像是要嘲諷，卻多了點歇斯底里。「先是男朋友被殺掉，屍體被我親自找到，現在妳還要說人根本我殺的，而且還能撞開凱菈房門把她也幹掉？」

「我沒有那樣說，」我還是很小心，「我只是想指出，妳也有機會，而且還有動機。」

她站在原地，黑色輪廓動也不動，持續了好幾秒。「如果人是我殺的，我現在急著找武器幹嘛？我是凶手的話，凶器應該早就藏好了才對。」

「呃……應該是吧。」

「想得通就好。」茜爾希搖頭，「要是妳真以為我有本事連殺兩個人，腦袋恐怕是壞了。」

聽完之後我仔細一想卻更慌了。提姆說我和茜爾希獨處期間他在找刀子，結果一把也找不到。但這件事情他應該只有告訴我一個人，所以茜爾希根據什麼線索認為凶手藏匿了凶器？除非……

「我覺得還是下樓好。」我跳起來，「看看他們兩個情況，而且……我認為所有人集中才是上策。」

「妳瘋了？沒猜錯的話，提姆應該會捅死史恩，然後在樓下守株待兔！」

「不會。」我堅定地說，「他不會的。」

方才將話說破了，茜爾希知道我會懷疑她，那麼留在房間裡一點也不安全。我不希望自己淪落到布蘭登或凱菈那樣，所以跑到門口轉門把，但門被地上那堵書牆擋住打不開。

「喂，喂！」茜爾希竄到我面前伸手按住門板不讓我打開。「妳到底在幹嘛？樓下很危險。」

「我要下去，」說完我就踹開幾本書，「讓我走。」

「卜珂妳怎麼這麼不可理喻！現在是真的懷疑我殺掉布蘭登和凱菈嗎？」

「我不知道。」又踢開一些書，「我想出去。我要上廁所。」

我又朝著門把伸手，茜爾希卻整個身體壓過去。一抬頭望向那張圓臉，黑髮前段發白，是我在她家浴室裡幫忙漂出來的。那對褐色瞳孔在房間的幽暗中變成兩潭黑色深淵。

「茜爾希，」我語氣堅定，「快點讓開。」

她也凝視我的臉。「不行，妳不能出去。」

茜爾希在房間找了那麼久找不到武器都是裝的，她身上根本就有刀，殺死布蘭登和凱菈那把刀。現在她就要用同樣的凶器殺害我。

可是我低頭一看，茜爾希手上什麼也沒有。刀呢？藏起來了嗎？

「茜爾希——」

「卜珂，留下來，不可以出去。」

不對，我不想落得和布蘭登或凱菈同個下場。只要突破茜爾希逃出這房間，提姆和史恩就能保護我。相較之前兩個受害者我是有優勢的——我知道茜爾希的體能程度，尤其啦啦隊練習會暴露身體上很多弱點。

所以我腿往後一抽，朝她小腿踹過去，就踹在她跑步常常發炎那個位置。茜爾希立刻倒地，抓著腿低吼：「妳無恥！」

抓緊門把用力拉，這回門板挪動幾吋。不得不慶幸為了穿得下啦啦隊服有好好控制身材，所以能從這麼窄的縫隙中鑽出去。

「卜珂！」茜爾希大叫。

想必她急急忙忙爬起身，但我沒有回頭看。才爭取到幾秒鐘而已，時間並不多。衝進昏黑走廊，摸到樓梯扶手以後我快步下去。

「提姆！」我大叫，「史恩！」

都沒反應。

狀況不妙。原本以為兩個人會待在一樓客廳相互監視，但客廳那頭空空如也，什麼動靜也沒有。

於是我不免懷疑離開臥房是否大錯特錯。

我以最快速度下樓，同時史恩臥房那邊傳來叫聲。「卜珂！」是茜爾希，不過聲音聽起來很模糊，她好像還沒從房間出來。奇怪，我踹的時候是出了點力，但並沒有那麼大力，這幾秒鐘足夠她站穩身子追過來才對。

「提姆！」我又大叫，應該說是尖叫了。「史恩！」

到了一樓，我腳絆到東西整個人向前一撲失聲慘叫。有東西在地上擋路，觸感柔軟。

我的天。是人的身體。

瞇著眼睛想看清楚究竟是誰，但客廳裡頭實在太暗。手離開地板以後，掌心沾了黏滑濕潤的東西。

血。

天吶，茜爾希說對了，我和她躲在房間的時候又有人遇害。會傷害我的人不是茜爾希，她要留下我是怕我也遭到毒手。我忍不住啜泣，心裡知道這時候該趕回樓上，可是身體不聽使喚。

忽然有人從背後壓了過來，我連站都站不起來。一隻手揪住我頸間的鍊子用力向後扯。

39

現在

走出診間看看下一位病患是誰，結果只有史恩．聶爾森在外面等候。

杭特還是將他手腳都上銬。至於史恩為什麼又來了也顯而易見——被人打得鼻青臉腫，下唇龜裂、左顴骨瘀血一大塊。被懲教員拉起來之後，他一跛一跛晃進診間。

「不是不必給他上銬了嗎？」我問杭特。

對方賞我一個白眼。自從找他對質高中同校的事情以後關係降到冰點，但今天比較有勇氣開口，因為昨天才去家醫診所面試，過程也很順利。再拿炒魷魚威脅我就隨他去。

「他跟人打架，」杭特冷冷答道，「所以必須上銬。」

史恩指節皮膚毫髮無損，看起來與其說他跟人打架不如說他被人打。但我也不想追究了，總之史恩進入診間以後我直接將門關緊。

「老天。」我嘆道。

「沒看起來那麼嚴重，」他說，「真的。」

我觀察他的臉，之前撞到診間桌子的瘀青完全退了，不過第一次就診縫合的撕裂傷留下淺淺粉紅色。今天嘴唇又裂了，面頰也擦撞到，從外觀判斷不需要縫合，但我注意到他挪動重心的時候會蹙眉。

「哪裡痛？」我問。

「一根肋骨斷了。」

「你怎麼能確定？」

「因為和我上次肋骨斷掉是一模一樣的感覺。」

說得我都好奇了，不知道坐牢之後他肋骨斷過幾次。「給你安排胸部X光。」

「謝謝。」

撇開過去種種，我對史恩仍有同情。在這裡工作也沒多少時日，已經兩度見他遭到獄友重傷。就算史恩真如提姆所說是不折不扣的壞蛋，管理單位也不該任由監獄內出現這種狀況。

「確定不要檢舉動手的人嗎？」

「非常確定。」他嗤之以鼻，「還是妳希望我以後天天過這種日子？」

「可是，」我繼續說，「遇上霸凌，有時候必須勇敢面對。去年我四年級的兒子每天被欺負，現在——」

我說到一半趕緊噤口，因為史恩的神情彷彿被我搧了一巴掌。我在腦袋裡重播自己說過的話，想知道為什麼他是這種反應。然後，我也明白了。

「妳兒子五年級了？」他聲音變得嘶啞，「之前妳說他讀幼稚園。」

我張開嘴巴卻說不出話，只能支支吾吾。

「卜珂，」史恩抓著膝蓋。杭特應該故意將手銬鎖很緊，能看到金屬嵌進手腕的皮肉裡。「妳兒子幾歲？」

當然可以說謊，反正他沒辦法查明真相。不過我猜自己臉上神情已經說明了一切。「十歲。」

「那他……？」

「對。」我緩緩點頭，「是你兒子。」

無論史恩遭受了什麼欺辱必須求診，我的答案對他傷害更大。起初史恩像是喘不過氣，考量到他或許肋骨斷裂就值得擔心，但我想原因不在那裡。

「為什麼不告訴我？」他擠出回應。

我搖頭卻沒講話，也不認為他真的需要一個解釋，自己應該想得通。「卜珂，我可不可以……」他遲疑了。我擔心他想要與喬許見面，若是如此我會拒絕，絕不妥協。然而史恩再開口時說的是：「可以給我看照片嗎？拜託。」

不應該。真的不應該。但史恩那副模樣令人心碎。更何況看個照片而已，能出什麼紕漏？

於是我掏出手機，點開喬許最近一張照片。

史恩盯著螢幕，嘴巴微微張開。「我的天……」他低呼，「長得很像我。」

「是。」

「可以看別張嗎？拜託，卜珂。」

真的真的不應該，我卻不知道如何拒絕。史恩不可能出去見孩子，最多就是透過我看看照片。所以我又點了近期幾張，像是喬許打棒球、開生日派對，再來看了些舊照，比方幼稚園第一天揹著忍者龜背包得意地擺姿勢。史恩看得入迷，而我十年母親生涯也從未見過有誰看自己兒子照片看得如此專注，連喬許的外公外婆都沒這種程度。

這麼看下去幾小時也看不完。最後是杭特用力敲門。「你們還沒好？」

我將手機塞回長褲口袋，史恩見狀臉一沉。

「抱歉。」我說。

「別這麼說，謝謝妳給我看照片，我知道其實妳不必答應。」

「別客氣。」

那雙褐色眼睛的憂鬱太濃，看得我心要碎了。「我很慶幸妳沒帶孩子來過。我不想給他看到自己這種模樣，不希望兒子發現他父親居然是個……」

「嗯。」

史恩盯著牆壁，神情我很難看懂。「妳知道嗎，有時候我會覺得自己已經習慣這個鬼地方，即使我自認什麼壞事也沒做。我接受了後半輩子都得先徵詢許可才能上廁所，不可能有一份真正的工作，再也沒機會開車，也不可能和……女性交往。我知道往後每一餐吃起來都像餿水，每個月都會有一群人衝進我牢房痛毆我，原因可能只是我無意間瞥了一眼，對方心裡不爽。」他連呼吸都顫抖，「現在我發覺這鬼地方又奪走我生命裡一樣東西，我……只是……」

他抿緊嘴唇，明明下唇還有傷，這動作應該很痛。我看了一會兒才意識到他是忍著不哭。

「史恩，」我開口，「你先去照胸腔X光吧。」

「沒事，」他嘀咕，「不必了。」

「你剛剛自己還說肋骨斷了不是嗎，至少得確定沒有氣胸，否則會有生命危險。」

「機率微乎其微，我沒那麼走運。」

「史恩──」

「我有權拒絕吧，卜珂。」他聲調銳利起來，隨即壓低音量。「至少給我這點自由。」

目光相交的瞬間彷彿回到過去，他踢橄欖球、我是啦啦隊。史恩在場上出盡風頭，穿著球衣的樣子帥極了。但我最喜歡的終歸是每次他在場外看見我時興奮揮手的模樣。

我很難相信那個大男孩想要殺死自己。

其實現在我也不信了，因為那個夜晚的經歷似乎缺了一塊，略過了某個重要細節。它在記憶邊緣蠢蠢欲動，我總以為用力回想就能水落石出，但越仔細回憶卻越覺得撲朔迷離。

史恩先別開視線。「我回牢房去了。」

「你確定不需要——」

「確定。」

我只能依從他，沒做該做的檢驗就請杭特將他帶走。史恩意志消沉是顯而易見，會發展出自殺傾向嗎？我不知道。聽說有位心理師每個月來監獄一次，但進來工作幾個月了我還沒見過。雖然很想把史恩叫回來問詳細，但又不願再折磨他。

而且我很懷疑之後是否還有機會見面。他恐怕會竭盡所能避免就診，另一方面如果家醫診所那邊沒問題，我也即將離開現在的工作。和他接觸十分煎熬，儘管與我想像有所不同。

或許就這樣收尾也是好事。

40

十一年前

我會死。

最喜歡的雪花墜子，過去七年每天戴著的項鍊，現在截斷了我身體的氧氣供給。強而有力的手指拉扯下，被它勒緊氣管的我吸不到空氣。

「救命……」我想說話，但擠不出聲音。

我會死，會被提姆殺死，凶器是他送我的十歲生日禮物。多諷刺。

然而就在這時我卻嗅到奇怪的味道，瀰漫在空氣中的香味十分熟悉，來自從背後壓制我的人。

檀香。是史恩的鬍後水。

原來根本不是提姆，他已經倒在地上死了。史恩將我壓在地上要勒死我，而他也是唯一有機會事前將家中所有刀具藏起來的人——除了用來刺死布蘭登、凱菈，以及提姆的凶器。

我的下場確實和其他人不同。「史恩……」我試著喚他名字。

沒用，而且腦袋越來越昏沉。我本能反抗，可是他比我壯碩太多，而且我一開始就被制伏了。

茜爾希呢？我想不通。方才她不是還想追出來，都過這麼久了應該已經下樓，但卻沒有出手救我。或許聽見我慘叫就決定躲起來？也怪不得她。

閃電落下，我瞥見自己身體底下有一潭血水。沒救了，史恩今晚已經殺死三人，其中一個還是身材更高大的橄欖球員。意識漸漸模糊，我知道自己的生命即將消逝。

轟雷震撼整棟房子，今夜最響亮的一次。但朦朧中我聽見其他聲音，更靠近一些。

項鍊上，一個金屬環斷裂。

空氣瞬間湧入肺部，我又能夠呼吸了。然後腎上腺素充盈全身，同時我察覺史恩因為項鍊鬆脫而重心不穩朝後倒。不會再有第二次機會，所以我手肘用力朝他頂了過去。

他疼得發出悶哼，代表擊中要害了。壓住我的重量也稍微減輕，我拚了命往旁邊翻滾，暗忖他重整旗鼓也用不了一分鐘，於是拔腿就跑，頭也不回地狂奔。

到了前門我用力掀開，鉸鍊嘎吱嘎吱叫了起來。衝入夜色，恍惚中察覺自己沒穿外套、戶外氣溫很低，風暴尚未平息，史恩家門前積水彷彿一條河，但即使可能被脫落的電線電死我也不得不冒險。

多虧身在啦啦隊鍛鍊出體能與靈巧。不過史恩是四分衛，體格非常好，腿還比我長很多。

目前只是仗著先起步、加上沒人朝我胯下使出肘擊才取得一點優勢。

「卜珂！」

背後似乎有人大叫我名字。又或者是我生出幻覺將風聲給聽錯。但我得假設史恩緊追在後，他不可能輕易放人，畢竟我脫困了必然將今晚一切昭告天下。

「卜珂！」

我淚流滿面，雙腳在冰水裡泡得發麻。必須繼續前進，只有這次機會。我要活下去。

「卜——」

前面稍遠的地方傳來頭燈光線，似乎是輛大貨車，心裡總算燃起一線希望。換作平日深夜，這類車輛我才不敢靠近，天知道司機會不會是殺人魔。今天，我必須賭一賭。

跑向貨車的時候我雙手在半空揮舞。「停車！」我尖叫，「救命！」

感謝老天，貨車真的停下來，否則今晚就會以我被撞飛喪命收場。冒險回頭查看，身後沒有人影。其實我本來就不確定他是否有跟出門，就算他追過來了大概也只能放棄。

我趕快跑到車子旁邊，司機是位滿臉絡腮鬍的大叔，體格比史恩更魁梧。外表挺嚇人，但看見渾身是水又是血的我以後他面色慘白。

「拜託，救命！」說完我就昏倒。

這夜終於結束了。

41

現在

警察趕到聶爾森母子居住的舊農舍並找到五個人。布蘭登・詹森倒在門廊，死了。凱菈・奧利維拉躺在二樓一間臥室，死了。茜爾希・趙在史恩的房間，也被刀捅死，死亡時間介於我跑出房間和警察抵達前。提姆在一樓客廳，出血嚴重，失去意識，但被救回來。史恩同樣在客廳，被人敲暈了。

三人死亡，三人倖存。

我主動告訴警方是史恩想用項鍊勒死我。提姆清醒之後也表示是史恩拿刀刺傷自己，但他奮力起身用球棒敲暈對方，沒讓史恩追出家門，之後就昏迷過去。刀上滿滿地都是史恩的指紋。

史恩的說法與我們不同。他聲稱自己從未攻擊提姆，但因為刀本來就是他的，找到指紋是理所當然。再來他說自己被提姆敲昏，後來發生什麼事情根本全都不知道，並指控提姆用刀捅自己是自導自演裝無辜。史恩和提姆各執一詞，但我的版本與提姆一致，因此我說出史恩意圖加害以後他就被捕了。

癥結點是：其實從頭到尾我並沒有看見犯人的臉。

如今史恩被判無期徒刑，提姆卻成了我男友。自十八歲成為單親媽媽以來，這也是我頭一次有與人成家的打算。提姆人很好，可以說是最好的選擇。

史恩則是那一夜想勒死我的殺人兇手。只能是他。

晚上我和提姆小小慶祝了一番。我不僅應徵成功，家醫診所開的薪水和福利都很棒，當然離家更近、也不是監獄那種氣氛肅殺的環境。面試過程十分順利，而且對方先向我道歉，因為剛搬回來我四處投履歷時就聯繫過，但這間診所並未回覆。面試官表示曾經有病人特地打電話過去表達對我的不滿，警告他們千萬別雇用我。我聽了感受很糟，不明白怎麼會有病人討厭我到這個地步？後來就拋諸腦後，反正我終究錄取了。

於是我向瑞克監獄提辭呈。起初朵洛絲還有意刁難，等我指出從未見過負責醫師時她就話鋒一轉祝我在新崗位如魚得水。

以後不必應付她和杭特，也不會再見到史恩。感謝上蒼。

瑪姬幫忙照顧喬許，提姆和我可以單獨約會。他打算親自下廚，所以我走去他住處。可以的話我也想在他家過夜，但對瑪姬太不好意思，就敲定晚些時候一起回我家。

伸手按門鈴的時候腦海忽然竄過一個念頭：不知道克莉・盎德伍有沒有來過？提姆明明說

過他們約會不止一次，邀請對方到家裡坐坐不奇怪。說不定她也曾經站在這個位置按門鈴。

另外，她依舊下落不明，已經一星期了。我每天追蹤後續報導，新聞風向越來越不樂觀。若行動自由，克莉·盎德伍早該與人取得聯繫。失蹤得越久，找到時還存活的機率也就越低。

昨天晚上我想和提姆聊聊這件事，但他馬上轉換話題。或許不能怪他，任何人跟約會對象聊前任都會覺得怪怪的，我自己也是。

提姆應門的時候穿著T恤和牛仔褲，一如往常看見我整張臉都亮了。交往已經兩個月，正常來說再見面應該也不會那麼興奮，但提姆反應依舊熱情，兩個人經過這麼多年再相遇就好像命中註定。

「卜珂！」他先開口，「快進來……外頭冷。」

確實，這星期氣溫下降得很快，我只穿一件薄外套似乎不大夠。瑞克鎮比皇后區冷得多。

進了屋內，提姆為我掛外套，還立刻摟過來給我暖身子。我枕著他肩膀，一股幸福感油然而生，從未想過自己還能有這麼美好的關係。日子一天天過去，我越來越肯定提姆就是命中註定那個人，而他也不隱瞞自己對我有同樣想法。

「嗨，」提姆寒暄道，「喬許數學考得怎麼樣？」

今天考試，所以昨天晚上他陪著喬許複習不同分母的分數如何相加。上星期我親自教過，但兒子聽不大懂。多虧了提姆不僅是專業小學教師，而且就上這門課。

「拿了滿分。」

「真的嗎！」提姆握拳，「太好了。」

「幸好我們至少有一個知道怎麼教十歲小孩子數學。」

「別難過，妳至少可愛。」

我邊笑邊捶他肩膀。「你知道自己幹了什麼好事吧？這樣子以後每次喬許要考試，你就得幫他複習，換句話說你變成他的家教了。」

他朝我微笑。「我不介意啊。」

朝客廳走過去的時候聞到廚房那頭飄來誘人香氣。瑪姬的調味還是略勝一籌，但這股味道也令人垂涎欲滴。我往沙發一坐，同時深深吸了氣：「今天做什麼給我吃？」

提姆坐到我旁邊。「妳猜猜。」

我再嗅一口。「好像有番茄醬。」

「叮——」

我想起之前過來的時候提姆做過的料理。「肉丸義大利麵？」

他忽然板著臉。「聞到番茄醬就認定是肉丸義大利麵，我是不是該生氣啊？我也會做別的東西好不好。」

「所以到底是什麼？」

「是肉丸義大利麵沒錯，」他語氣有種受傷的感覺，「可是也許我做了別的啊。例如千層麵、千層茄子之類嘛……」

我湊過去吻他。「肉丸義大利麵好吃啊。」

提姆也將我拉過去親。但他面對克莉．盎德伍也一樣？對方顯然覺得他是接吻高手。

等等，停。我為什麼想到她？

「卜珂，我愛妳。」提姆在我耳邊呢喃。

第一次說了愛我以後，他就像是水閘關不起來似地說個沒完沒了。當然被愛是很好的體驗。「我也愛你。」

提姆退了一步，轉頭望向廚房。「妳有聞到焦味嗎？」

「沒有啊……」

他皺眉。「還是去看看比較好。馬上回來。」

提姆跑進廚房顧他的肉丸子和義大利麵，我一個人靠著沙發休息，卻察覺有個東西卡在大腿附近不大舒服。挪開身子伸手探，我從坐墊縫隙間摸到一個布球。

使勁一抽就抽出來了，原來不是抹布之類而是一條綠絲巾。沙發也是綠色，所以起初沒發現。

不過絲巾是誰的？顯然不可能是提姆的。拿近一嗅，上頭的女香氣味有種熟悉感。

「醬沒燒焦，」他走回客廳說，「晚餐應該再十分鐘就好。希望妳夠餓，我真的弄太多。」

我想擠也擠不出笑容，抓著絲巾問：「提姆，這是誰的？」

他連正眼也沒瞧一下。「不知道，妳的嗎？」

「當然不是我的。」

提姆這才仔細打量我手裡的綠色布料，接著瞇起眼睛。「我沒印象，難道是我媽留下來的？」

不無可能，畢竟這房子其實是他父母的，家具縫隙間找到女性用品還在合理範圍，至於有印象的味道說不定也是瑞斯太太的香水，也許這麼多年她都沒換品牌。

這樣解釋很合理，總不會是提姆偷偷帶了其他女子回家，他不是背著我亂來的類型。

提姆從我手中取走絲巾丟在咖啡桌上，然後往我旁邊位置一坐，距離近得兩個人大腿黏在一塊兒。「那個，」他開口，「有件事想要和妳商量。」

「是喔？」

「是啊。」他掐掐我的手，「卜珂，我……我真的很喜歡妳，從小就喜歡。我知道相處時間不算長，但其實一個晚上我都不想分開，所以我在想，是不是……」

是希望同居嗎？如果想問的是這個我就會很猶豫。雖然我也喜歡提姆，但得考慮喬許的感受，隨隨便便讓另一個人進入我們母子的生活是個巨大風險，萬一後來又分手怎麼辦？總不能給了孩子一個父親卻過沒多久又消失。

還有另一個因素造成我不積極與提姆進入下個階段——我總覺得他隱瞞了什麼。例如為什麼每次問到克莉的事情都要閃爍其詞？明明承認兩個人約會過，還要假裝什麼呢？

剛才那條絲巾到底是誰的？

想必提姆留意到我表情變化，所以鬆開手並將身子往後挪一點。「沒關係，這個之後再談好了。」

我肩頭一鬆。「好呀。」

「那個，」他又掐了我膝蓋，「妳幫我去地窖拿瓶酒好不好？今天可以喝一杯。」

把地下室說得像酒窖一樣好可愛。我還沒來得及笑他，他怕東西煮焦了又趕回廚房。提姆家的地下室很正常，只是他父親搭了木架子擺上十多瓶藏酒而已。當然他覺得稱作酒窖好聽的話也無所謂嘍。

既然提姆又進廚房，我就自己轉了轉地下室的門把。他家屋齡跟我家差不多，很多門都有點卡住，我得使勁才拽得開。門後理所當然一片漆黑，我得先找到開燈泡的拉繩。盲目摸索差不多三十秒才摸到，只亮了一個燈泡，所以還是頗昏暗。

地下室裡面溫度很低，簡直像冰櫃，空氣也有些潮濕。而且上次進來還沒嗅到這股微臭，可能有東西發霉了。踏著歪歪斜斜木樓梯下去，我抓住冰冷的金屬扶手以防跌倒。這裡暗得我有點緊張，怕自己一個不小心踩空。到了底下我立刻找到酒架，似乎比印象中又多出幾瓶。提姆對品酒沒有特殊嗜好，但覺得自家有酒窖很酷。

抽出幾瓶看標籤，我挑了一瓶梅洛（Merlot）葡萄酒。梅洛和肉丸義大利麵搭不搭？這我不清楚，但我知道這酒好喝，而且能讓兩個人享受微醺滋味。

打算回樓上的時候，我留意到地下室角落地板上一大塊灰色防水布。上回進來看藏酒的時候不記得有這東西，提姆拿那麼大的布遮什麼呢？

我躡手躡腳走過去，發現怪味更顯著。儘管光線黯淡，還是能看見防水布下面伸出一條物體。彎腰細看，確定是鞋子——而且是紅色尖頭高跟鞋。

還套在女人腳掌上。

我盯著自防水布下突出的腳，霎時反應不過來。再仔細觀察，能看見另一隻腳。難道提姆在地下室擺了個假人？

別自欺欺人了，卜珂。妳很清楚自己看見的是什麼，人家的絲巾還在一樓咖啡桌上。

得趕快離開地下室。

丟了葡萄酒，酒瓶在地上碎裂，我三步併作兩步爬上樓梯。這場合也顧不得會不會摔跤了。

手抓到門把，但是轉不動。

我的天，被鎖住了。

42

他要我下樓拿酒就是希望我親眼看到防水布下的屍體，然後困住我。

「提姆！」我用力捶打地下室，「提姆！」

忽然間一切都說得通了——提姆將我玩弄於股掌間。他很清楚我對檀香鬍後水有心理排斥，因為當年他就用同樣的氣味誤導我以為凶手是史恩，再來是該死的雪花項鍊，本來就是他送我的，而他也知道那是差點勒死我的凶器，因為下手的就是他本人。這麼多年來，提姆珍藏那條項鍊，就是期待有朝一日能拿出來嚇唬我。

我怎麼會信了這種人？就該聽史恩的，他早就警告過我，叫我別相信提姆．瑞斯、別和這個人有任何牽扯。是我自己不信，一路以來對所有跡象視而不見，盲目信任那個還在襁褓中就認識的男孩子。

直到此時此刻我終於醒悟：提姆病了。「提姆！放我出去！」

總不會一直把我關在這兒，不可能瞞過所有人吧？瑪姬和喬許都知道今天我來他家晚餐，徹夜不歸他們都會察覺事情不對勁，主動報警請人調查。

除非，他連瑪姬和喬許都不放過——

我得趕快逃走，否則會落得跟克莉同樣下場。但怎麼逃？手機當然有帶，可是放在手提包裡，留在客廳沙發上。

門把輕輕晃動，然後傳來提姆的悶哼。我退後一步，門猛然打開。他就站在面前，黯淡光線下那對眼睛彷彿兩個空洞。

「抱歉，」他說，「門又卡住了。」

我盯著他不知所措。他居然若無其事，是以為我沒看見地下室裡的東西？

提姆挑眉。「妳挑了哪支酒？」

我回頭望向灑在地上的葡萄酒。「我身體不大舒服……想回去了。」

「真的假的？」他下顎緊繃，「我花了一個鐘頭做晚餐，妳這時候忽然要走？」

「我——」我伸手指按壓太陽穴，「有點偏頭痛。」

「偏頭痛？怎麼都沒跟我說過。」

「老毛病。」

「見面這段期間妳都沒發作過呀。」

頭確實疼了起來，再這樣下去就真的要發作了。「那就代表我他媽的不能不舒服？你是這意思嗎？」

提姆嚇了一跳。「當然不是！只是……別走好嗎，和我多講兩句話？」

「我不想。」

「是因為剛才我講了那些？對不起，我沒有要逼妳的意思。」

「我現在只想走而已。」

沒等他回答，我推開他跑回樓上，從沙發抓起包包。包包裡除了手機還有胡椒噴霧，若有必要我會拿出來用，但希望不至於發展到那個地步。提姆追過來，他腿長得多，所以我還沒離開客廳就被扣住手。他用力抓住我前臂不放。

「卜珂——」提姆的眼神難以言喻，這不是我認識的他，是我從未見過的另一面。

「放開我。」我低吼。

「卜珂，到底——」

就在這時候門鈴響了。提姆先看了門口再看了我。他鬆手，我退開，身子還顫抖不已。接著我們留意到外頭有紅藍兩色光束閃耀。「又怎麼——」

是警車。但為什麼會有警車過來？簡直像是接收到我的心電感應。

我原地躊躇，提姆過去應門。開了門鎖一看他似乎非常詫異，怎麼自家門廊前面會有個身著制服的警察？又高又壯，真打起來提姆也吃不了兜著走。

「你們趕來太好了！」警察還沒張嘴我就先驚呼，「他不讓我走，而且……地下室有一具屍體。」

提姆聽得下巴都掉了。「屍體？卜珂，妳怎麼——」

警察表情也很錯愕。我還不懂他為什麼過來、找提姆什麼事，但警察的手放到槍套上。

「你就是提摩西．瑞斯？」

「是。」提姆眼睛瞪得又圓又大，「可是……太荒謬了！卜珂，妳到底在說什麼呀？」

「你家地下室裡有屍體。」我氣急敗壞，「我都看到了！是克莉嗎？」

「克莉？妳胡說什麼？」他視線在我和警察之間來回，「警察先生，這都是子虛烏有，我家地下室沒那種東西。」

「死者的絲巾在咖啡桌上。」我告訴警察。

提姆望著我一副目瞪口呆的樣子。「妳在瞎說什麼？那圍巾是我媽的東西！」

警察拿起胸口的無線電通報，過沒多久另一個警員趕到門口。「瑞斯先生，」先到的那位開口，「我們接獲匿名線報，有人看見克莉．盎德伍失蹤前夜曾經進入你住處。」

嘔吐感湧現。這麼長時間，我一直相信提姆是好人。怎麼錯得這麼離譜？真希望過去十年能重新來過。

「這太荒唐了，」提姆回答，「我根本不認識克莉．盎德伍。」

「你怎麼說得出那種話？」我叫道，「你明明和人家約會過，還吻了她！」

提姆面色一白，朝警察露出無助神情。「是，但就約會過一次而已啊，而且是好幾個月之前了。這兩個月我們根本沒見過面。」

「說謊！」我止不住眼淚，「她就在地下室，被防水布蓋著，我親眼所見！」

「怎麼可能！」提姆跟著大叫，「警察先生，我發誓，家裡不可能有屍體，地下室是當作酒窖用。」

帶頭的警察盯著他。「介意我們進地下室看看嗎？」

提姆的目光又在我和警察之間游移，神情忽然多了股慌張。「等等，」他聲音顫抖起來，「先等等，你們不能——」

我不懂法律，但猜想事已至此，警察有正當理由進行搜查才對。他逕自走進屋內，提姆看起來像是快要中風了，急急忙忙追在後頭大聲抗議。另一個警察比較年長、頭髮白了，上前伸手搭住提姆肩膀。

「年輕人，你先待著別亂動。」他吩咐。

「下面沒什麼東西啊，」提姆眉心緊蹙，「不就酒窖而已。」

我忍不住潸然淚下，老警察留意到了一臉同情。「小姐妳沒事吧？他有對妳動粗？」

「我沒碰她！」提姆大叫的時候漲紅臉，「卜珂是我女朋友，我怎麼會——」

地下室那頭傳來叫聲。「底下有屍體！看起來是盎德伍！」

老警察轉瞬間取下腰間那副手銬。輪到提姆一副想吐的樣子。「提摩西・瑞斯，現在以謀殺克莉・盎德伍的罪嫌逮捕你。」

「等等……」提姆那張臉一下白一下紅，被上銬的時候說：「我根本不知道你們在地下室找到什麼，就算有屍體也不是我放的，我發誓——」

警察才不聽那麼多，對提姆宣讀權利就把他往外趕。眼前這一幕幕對我而言太過超現實，彷彿用力捏自己一下就會渾身冷汗驚醒過來。提姆殺死克莉・盎德伍，將屍體藏進地下室，可能預計日後處理。同樣慘遭毒手的還有多年前的崔西・基佛，以及那夜差點被勒死的我。

我全誤會了，犯了天大的錯誤、信了不能信的人。因為我這個失誤，真凶逍遙法外，導致又一位女性受害。

所以我得盡己所能導正一切。

43

警察將我留在提姆家超過一小時反覆盤問，我解釋了自己如何在地下室找到屍體、提姆不讓我走，還對十年前舊農舍命案的真凶提出質疑。他們希望我去一趟警局，但我說自己家裡有小孩得回去照顧，除非逮捕我否則別想帶走我。警員雖然不情願，終究得放人。

回到家，瑪姬和喬許都在廚房，兩個人圍著桌子給聖誕樹形狀的甜餅乾畫上裝飾。這畫面好溫馨，我看了差點噴淚。

「嗨，媽！」喬許興奮地拿起成品給我看。樹上先塗了綠色糖霜，再加上紅色飾邊。「妳看我們做的！」

看兒子立刻咬了一口，我還真不敢問他一個晚上吃了多少。瑪姬雖然很會照顧孩子，卻總是有點溺愛過頭，換作其他日子我大概多少會生氣，但今天晚上兒子多吃了幾片餅乾完全小事一樁。

「提姆呢？」喬許問。

我哽咽了。「呃……」

瑪姬額頭的皺紋加深。「還好嗎，卜珂？我……先前聽到警車過去？」

「沒事。」我音調高得不太自然，「謝謝妳今晚幫忙，瑪姬。我們星期一見？」

瑪姬朝我露出狐疑眼神，將一綹白髮撥到耳後，沒再追問什麼拎起包包。我送她到門口，但她出去之前還是多打量我一陣。「真的沒事？」

我點點頭，不敢多說話，怕自己會崩潰。「嗯。」

瑪姬離開以後我回去廚房，喬許還在給剩下的樹形餅乾畫裝飾，看見我就皺著眉頭再問一次。「提姆呢？」

「提姆……」唉，天吶，怎麼向兒子解釋這一切？當初沒告訴他父親是誰就是害怕這個場面。「他今天晚上不會過來。」

「啊？」喬許下唇嘟起來，「他還說我數學考滿分的話就陪我打電動！」

「出了一點狀況……」

「是他自己答應我的，現在我考了一百分他又不來算什麼……」

「我懂，但是……」我在兒子旁邊坐下，「不是他不願意來，是他沒辦法。提姆做了不好的事情，被警察發現然後帶走了。」

喬許盯著我。「他做什麼不好的事情？」

孩子當然會這樣問，可我居然一點心理準備也沒有。「他犯了罪。」

「偷東西？」

「不是……」

「到底是什麼？」

「他……傷害了別人。」

喬許猛然抬頭。「提姆不會故意傷害別人。」

這超乎孩子所能理解。

「乖，媽媽說的是真的。」我繼續解釋，「之後……提姆應該會去監獄，得待很久。」

「意思是不會再過來了嗎？」

我緩緩點頭，暗忖除非踏過我的屍體，否則提姆休想走進這間屋子。

任由他闖進我們母子生命是我的錯。

喬許身子軟在沙發上，臉頰微微發紅。他用手背揉眼睛，我才意識到兒子哭了。看他靜靜落淚不出聲更令人心碎難受，寧願他像小時候那樣嚎啕大哭。

「喬許，」我說，「別哭。」

「妳自己也在哭啊。」

我碰了下眼睛才發現兒子說得對，自己整張臉都濕了。喬許像嬰兒那樣擠到我大腿上，我們緊緊擁抱，母子倆一起悼念又從我們生命逝去的人。

44

兩個月後

看見高戒護監獄用的帶刺鐵絲網我仍會心驚膽跳。

大約兩個月之前我辭去瑞克監獄的工作，但之後以訪客身分來過幾次。停車場圍牆上也裝了銳利釘刺，操場周圍設置好幾座哨塔。

幸好不必待太久，而且基本上無須下車。今天過後就再也不必回來這鬼地方。

這兩個月發生很多事情。除了新工作地點感覺很棒，提姆因為涉及多起命案被關起來候審。他與我約會期間還常常跟蹤克莉，我當然絲毫不知情。從我的視角只看見一個完美男友，但小學那邊不少人聲稱早就認為提姆言行略顯異常。

我撤回自己在十年前舊農舍命案的證詞。儘管這會鬧出軒然大波，我不得不行動，必須告訴警方自己誤判了。那夜意圖勒死我的不是史恩而是提姆，提姆才會心理扭曲到想用自己送的禮物殺死我。

而且他還將項鍊藏起來，藏了整整十年，等待時機成熟才拿出來嚇我。幸好真的撤回證詞也沒什麼後遺症，法院並不認為我有意混淆視聽，畢竟那一夜的遭遇給我留下巨大心理陰影。既然證詞撤回了，史恩也理所當然可以透過律師申請變更判決。

經過十一年，史恩．聶爾森今天出獄，我過來就是要接他走。

監獄那側開了門，走出來的史恩穿著舊黑色大衣、藍色牛仔褲，本來該是白色的布鞋有點發灰了。他一邊肩膀扛著的行李包內就是所有家當。我朝他揮揮手，他看見以後也舉起手臂擺動。

靠近一看，史恩的黑眼圈頗明顯，至少臉上沒瘀青就是。原本擔心最後這幾天會不會又出什麼狀況讓他無法回家，幸好沒再節外生枝。

「卜珂，嗨。」

「嗨。」

這兩個月來監獄探視，隔著一片玻璃與話筒才能交談，兩個人無法肢體接觸。如今面對面而且沒了隔閡，我們卻又呆呆站著傻笑，分不出誰更緊張一些。

「謝謝妳特地跑一趟接我。」他先開口。

「小事。」畢竟除了我，史恩在這世上已經沒親人了。「出來的感覺如何？」

蠢問題，這麼問的自己也是笨蛋。不過很久沒看到他臉上露出真摯的笑。「很棒。」

回歸正常生活這條路並不好走。雖說史恩拿到高中同等學力，但念大學的計畫並未實現，再者身上沒錢，而且即使洗刷殺人罪名卻洗不掉在監獄住十年的事實，任誰也不可能抹滅那麼長的一段歲月裝作若無其事。

是我的錯。所以我必須盡全力幫他。

我從口袋掏出翻蓋手機遞過去。「暫時先用這個，裡頭已經儲值了。」

他接過之後在手中把玩。「哇，在裡頭的話這玩意兒可是嚴重違禁品。謝了。」

「小事而已。」

「但我還是很感激。」

我點頭的時候臉頰發燙。「好了，」我回答，「上路吧。」

史恩將行李塞進後車廂，自己鑽進副駕座。「得想個辦法補發駕照才對。」

「我暫時當你專用司機沒問題的。」

「謝謝妳，卜珂。」

「回程路上帶點速食走？」

他像是口水真的要流出來似地。「妳會讀心術是嗎？」

帶個關了十年的人去速食店比起帶小孩去買糖果還有趣。史恩張大眼睛盯著菜單足足十分鐘，最後點的分量遠超我印象中他一餐的食量。點完以後他從口袋掏出裝了一疊鈔票的信封，但我要他把錢收好。他身上就只有那點錢而已，至少這餐得由我來請。

咬了一口油膩漢堡，史恩表情像是幸福到當場暴斃也無所謂。「啊，這漢堡好好吃！」

我看著自己手裡的漢堡，明明肉餡偏硬、生菜也不爽口。「你喜歡就好。」

他一次抓了大概八根薯條塞進嘴巴，立刻灌了一大口香草奶昔。「抱歉，妳無法想像這十年我吃的都是些什麼東西。」

「真的那麼糟糕？」

他臉垮下來。「還是別多說了，但就是那麼糟。」

腦海忽然閃過提姆在監獄食堂的景象。他在長桌坐下，盯著不知道什麼肉與泡爛的蔬菜。活該，應該說這樣還算客氣了。

「所以，」史恩開口問，「喬許幾點到家？」

看來速食沒有完全霸佔他的注意力。這幾週聊下來，史恩想見兒子的心非常明確，但他堅持不讓我帶喬許去監獄。別讓孩子看到我這模樣。

「校車通常三點十五分停在我家門口。」

他點點頭。「那……」

事前沒商量過怎樣處理他們父子相見，而且這種事情上網搜尋也得不到答案。如何介紹因冤案被關十年的父親給孩子認識？非常棘手，目前我只跟喬許說會有老朋友到家裡住一段日子。

「我暫時會說你只是朋友，」我回答，「這個我們應該有共識？」

史恩點頭。「先見到面就好，真相可以等到時機合適。」

「沒錯。」

「我在想……」他又咬一口漢堡，「回去路上能不能繞一下，我去給他買個禮物，找點他喜歡的東西？」

「他喜歡棒球，不過最近天氣冷，沒辦法練習。」我想了想，「這陣子他一直打電動。」

「那我買個遊戲送他？」

「遊戲片很貴喔。」

史恩有點為難。「唔，不然就——」

「別緊張。」我伸出手，卻在最後一刻縮回來。「你正常和他聊天，陪他打電動就可以了。他是好相處的孩子，不會排斥你。」

史恩怯怯笑了起來。「喔，抱歉，我太想給他留個好印象。」

「我明白的。別擔心，會很順利。」

喬許確實不難相處，我覺得父子倆會互動良好，癥結是如何解釋這男人的身分和他為什麼一直住在我們家。能透露到什麼程度？我不願對兒子撒謊，但畢竟他才十歲，能不能承受這麼曲折的身世是個未知數。

但也只能走一步算一步。

45

到家之後，史恩第一件想做的事情是淋浴。我說可以之後他直接衝進二樓浴室，在裡頭待了超過半小時，出來時神情像是在SPA待了一整天。

「十年來最棒的淋浴經驗。」他說，「能控制水溫、想待多久待多久，而且不必給另外五個大男人看光光。」

「喜歡就好。」我笑道。

他看看手錶。「校車快到了對不對？」

「應該馬上到。」我請了半天假，也讓瑪姬今天別來。「十分鐘之內。」

「好……」史恩順頭髮的手還在顫抖，又低頭望向藍色牛仔褲。「我這身打扮還行嗎？」

他窮緊張的模樣好可愛。我上前伸手搭著他肩膀，離開監獄以後初次的肢體碰觸，沒什麼奇怪的氣氛。「別怕，相信我，他會喜歡你的。」

「妳怎麼知道？」

「因為，」我笑了笑，「你討人喜歡啊。」

四目相交，史恩一側嘴角上揚。換掉囚服、打理整齊以後他變了個人，那副性感模樣被我遺忘了很久，而且十年滄桑反而增添男人味，就連我親手為他縫合的額頭疤痕都成了加分。同時我也意識到史恩整整十年沒機會碰女人，出來第一夜就睡在我隔壁房間。

我和他之間的無聲交流被門鈴打斷。校車抵達，喬許回家了。

史恩立刻退開，盯著正門拉好襯衫。我跑過去開門，兒子如平日單肩揹著背包，渾然不覺自己即將見到生父。

「嗨，媽，」他說，「我好餓。」

「喬許，」我轉頭望向搓著雙手的孩子父親，「家裡有客人。他叫史恩。」

「嗨，喬許，」史恩向他打招呼，「很高興見到你。」

喬許沒理他，背包直接丟在玄關中間。明明可以放角落，偏偏要擺在會擋路的位置。「我午餐幾乎沒吃，」兒子哀號，「今天只有義大利餃，才給我五個。五個而已！」

我又轉頭望向史恩，怕他看到兒子滿腦子點心會不悅。幸好他似乎不在意，只是笑著凝視喬許，好像還沒回過神。

「好吧好吧，」我說，「那你想吃什麼？」

「隨便，家裡有什麼？」

「家裡有什麼你又不是不知道！」老天，這孩子有時候很會磨人。

「我小時候，」史恩開口，「喜歡吃麗滋餅乾夾花生醬。我媽就一直弄這個。」

喬許這才望向他，思考了一下。父子倆神似得令我捏把冷汗，史恩是一定會發現，就不知道喬許是否也能察覺了。

「好吧，」喬許說，「那我就吃麗滋餅乾夾花生醬。」

幸好家裡還有麗滋餅乾和花生醬，瑪姬好像也會準備這個當點心。喬許一溜煙跑去打電動，史恩過來陪我準備。我把餅乾裝進盤子，他在上面抹花生醬。明明不需要兩個人，但我們能悄悄聊兩句。

「他怎麼這麼沒禮貌？抱歉啊。」我說。

「沒的事。」史恩朝我燦笑，「那孩子也喜歡我吃過的點心，真好。而且……」他壓低聲音，「跟這年紀的我好像。」

「嗯，你們長得很像。」

「不只長相。」史恩回頭瞥一眼，「連性格和氣質也……我忍不住回想自己這個歲數都在幹嘛了。」

表面上我沒反駁，內心裡卻猛搖頭。喬許和史恩不一樣，交往之前的史恩我其實不甚瞭解，但大家都聽說過史恩・聶爾森是不良少年。兒子沒那麼野，內向、友善，在學校從不惹事。

「不如你過去陪他打電動吧？」

史恩眼睛都亮了。「可以嗎？」

「當然啊，為什麼不行？」

「小時候我只在朋友家玩過……」可以想像，畢竟聶爾森家境不好，連支付電費都嫌勉強。「妳覺得他會想要我陪嗎？」

「一定會。」

接著我就自己做花生醬餅乾，讓史恩去客廳陪在兒子身旁。從廚房沒辦法看見兩個人互動，但聽起來狀況不錯。史恩先過去聊兩句，後來就坐到兒子旁邊了。

十年過去，喬許終於得到父親陪伴。我等不及想告訴他了。

46

史恩和喬許打電動期間我手機響了，是個不認得的號碼。

提姆剛被捕那幾天我學到教訓：不明來電全部拒接，因為多半是記者想要搶獨家，來問我十一年前與那幾個月發生什麼事。其實媒體開了驚人價碼想買下採訪權，但我拒絕到底。出庭指證提姆的感受已經夠差勁了，我沒興趣對記者複述一遍還登上新聞與網路，更何況那麼做的話喬許就更可能得知事情經過。

隨後開始有騷擾電話。一些人十分不滿無辜者因我坐牢或我與殺人魔約會。仇恨訊息甚至生命威脅每天排山倒海灌入我的電子信箱，最後不得已就重新申請。手機號碼也換了，但沒太大效果，這年代別人真心想找麻煩總是有管道。

但都那麼久了，之後引人關注的事情也不下百件。大眾記憶力十分短暫，記者更沒閒工夫窮追不捨。我淪為過去式是最好的結果。

現在接電話應該沒問題。

於是我按了綠色接聽鍵並坐在廚房桌邊。「喂？」

「卜珂嗎？」

女人的聲音，聽起來有些年紀，感覺與我媽同輩，但我一下子想不起來。

「是我……」

「卜珂，我是芭芭菈・瑞斯。」

我聽了身子一震，暗自後悔自己幹嘛接這電話。提姆被捕之後芭芭菈就在語音信箱留言好幾次，我都沒回覆。她急著與我聯絡並不奇怪，畢竟兒子受審而我是主要證人，但正因如此我更不該與她對話。

「瑞斯太太，」我急著說，「我不能——」

「拜託先別掛，」她聲音還帶著哽咽。過去幾個月我不好受，但她想必更煎熬。「我有很重要的事情要說。」

我確實想掛電話，但又覺得對不起瑞斯太太。其實小時候我很喜歡她，畢竟將近一半時間都待在提姆家裡，瑞斯太太又比自己母親更溫柔、準備的點心比家裡豐盛、說的話總令我開心。還有他們夫妻烤的漢堡好好吃！另外國中那時候我和提姆親嘴被看見（只是練習！），瑞斯太太也想盡辦法安撫我歇斯底里的媽媽。我一直很羨慕提姆有這麼好的母親。

「抱歉，」我回答，「但我們之間不能談話才對。」

我要放下手機的時候卻聽見瑞斯太太的哭聲。「拜託妳別掛斷，卜珂！請妳聽我說幾句！」

我長嘆一口氣。「還有什麼好說的呢，我……是親眼看見屍體在他地下室啊。抱歉，妳一定很難接受，我自己也沒想到提姆會是那種人。」

「他不是！」瑞斯太太已經無法控制情緒，「卜珂妳不應該是最瞭解他的人嗎？妳真的認為他會殺人？」

「但是屍體在他家地下室。」

「那一定是別人栽贓！」

心裡有股哀戚。做母親的不相信兒子會殺人，但那是因為她沒被困在地下室，沒眼睜睜看著屍體蓋上防水布在地板腐爛。而且她也沒親眼看見警察要搜查的時候提姆多慌張。我確實很難相信自己兒時摯友會是連續殺人犯，但經過那一夜我就深信不疑了。

史恩端著空水杯走進廚房，裝水的時候留意到我講電話的神情不妥就挑了挑眉，用嘴形發問：是誰？

「請妳和提姆談談好嗎。」瑞斯太太抽噎道，「妳和他聊過之後還覺得他會做那種事情的話——」

「我不會去監獄探視他。」不可能。「抱歉了，瑞斯太太。」

聽見最後那四個字，史恩另一側眉毛也上揚，抓著杯子站在原地想聽聽事情如何發展。

「求求妳，卜珂！」瑞斯太太哭訴，「會變成現在這樣是因為妳啊，妳還不明白嗎？至少給他機會解釋，妳——」

瑞斯太太還沒來得及說完，史恩將手機搶過去靠在耳邊聽了一秒就清清喉嚨大聲說話。「瑞斯太太，」他語氣堅定，「我是史恩．聶爾森，麻煩妳不要再騷擾卜珂，別再打電話到這個號碼來。」

才說完他就立刻按了紅色按鍵掛斷，將手機丟到檯面上。「還真有臉打過來。」

「其實，」我抬頭，「當初你開庭，你媽也打給我過，說的話差不多。」

「嗯哼，但我真的是清白的。」

「我想提姆他媽媽也是這樣想。」

「拜託。」掛掉電話之後他開始裝水，裝到都快滿出來。「她心知肚明吧，怎麼可能不知道？兒子是她養大的。」史恩喝了一口，「難道喬許變成殺人犯，妳會沒發現？」

說來好笑，之前以為史恩殺了人，我就特別留意喬許是否表現出反社會傾向。即使一丁點跡象我大概都會膽戰心驚吧，不過喬許就是個好孩子。話說人長大了會變，他三十歲的時候還會跟十歲一樣嗎？

「這我可沒把握。」我最後這樣答道。

史恩翻個白眼。「別胡思亂想了，卜珂。提姆他媽媽要的不是真相，是設法為兒子脫罪，妳可千萬別中計。」

說得沒錯，瑞斯太太當然希望兒子獲釋，但想要翻案光說動我一個人也沒用。

47

繃緊一整天，我實在懶得煮晚餐，就叫了披薩外送。父子倆發現彼此都喜歡義式臘腸口味，那畫面好可愛，我還看到史恩幾乎要哭出來的表情。

餐桌上的對話也很自在，我都快忘了史恩原本就風趣健談，雖然有點過度刻意但喬許似乎也沒察覺。提姆被捕之後這孩子情緒很低落，今天晚餐的氣氛算是近期比較好的了。

後來喬許上樓寫作業，史恩留在餐桌邊一個人傻笑。

「怎麼啦？」我問。

「他是個好孩子。」

「的確是。」

「而且很聰明，」史恩仰頭，「運動表現怎麼樣？」

「非常好，你該去看看他在棒球場上的表現。」

史恩張大眼睛。「可以嗎？」

「唔，最近沒辦法，要等到天氣好一點。少棒聯盟的比賽春天才開始，到時候你也去觀賽吧，他一定會很開心。」

從來沒看過有人會因為要去看小孩子打壘球就整張臉發光，畢竟兒童壘球賽說真的挺無聊。

「謝謝，卜珂。」

「謝什麼？」

「謝謝妳把我們的兒子養得這麼好。」

我趕快朝樓梯那邊瞟一眼。「說話小心點，這邊隔音不算好。」

「對，抱歉。」他清清嗓子，「總之，很感激妳收留我，不過很快就不用再打擾了。」

我眨眨眼睛。「什麼意思？」

「喔，」他聳聳肩膀，「好像一直忘記告訴妳。律師聯絡我了，看樣子我媽在遺囑把農舍留給我，只要清掃一下就可以住進去，所以我打算明天回去看看。」

「你有辦法住在那兒？」我問，「發生那麼多事情……」

史恩眉毛上揚。「卜珂，好歹我也把那兒當作自己家當了十八年啊。更何況，現在的我算是別無選擇吧。」

舊農舍，所有事件的起點，好幾條人命的凶宅。

「你想在這兒待多久都沒關係。」

「不想給妳造成麻煩。」

「沒的事。」

他低頭看著盤子上的披薩油漬。「妳有這番心意我很感激，但畢竟這對我來說不是家，還是有自己的地方比較好，妳應該也明白才對？」

明白歸明白，喜不喜歡這決定又是另一回事。對我而言，那座農舍是只在惡夢出現的場景，真不明白史恩怎麼還能住在裡頭。單是靠近那裡我都心理不適。

「你確定的話。」我也只能妥協。

別再找我去你家玩就是了。

碗盤洗好，我上樓給史恩準備客房寢具。外頭開始下雪，房間好像有點涼，我就再拿了一條毯子來。他說他自己鋪床就好，我就留他一個人，去找喬許說晚安。

喬許做完作業，在床上安靜讀書，看見我進房才將書放下。

「刷過牙了。」他說。

我坐在床邊，想起他五歲前我們不得已必須同床（要我怎麼找對象呢），現在他終於有了自己的空間。「很乖，作業都做完了？」

「嗯。」兒子猶豫一下才又開口，「媽？」

「怎麼啦？」

「那個叫做史恩的人為什麼要住在我們家啊？」

「他是媽媽的老朋友，」我對兒子撒謊也是駕輕就熟了，「過來住幾天而已。怎麼了嗎？」

喬許慫慫他的小肩膀。「沒事。」

「你不喜歡他？」

兒子遲疑了，我看了心一沉。以前喬許對任何人都會表達好感，我雖然考慮過他和史恩未必立刻就能熟稔，卻從未料到喬許可能不喜歡親生父親。

「普通。」兒子回答得有點勉強。

「他兇你了嗎？」

「沒有。」

「那有什麼地方惹你不開心？」

「沒有……」又來了，那種有話沒說完的語氣。喬許有什麼事情瞞著我，問不出來真是急死人。

而且印象中史恩言行應該沒有不妥，喬許回家以後我幾乎一直盯著兩個人。考慮到他根本沒有與兒童相處的經驗，史恩表現已經可圈可點。如果與提姆相比當然不公平，人家是老師，工作就是照顧小孩，比起過去十年關在監獄的人當然更懂得怎麼和十歲男孩子拉近關係。

「他會住多久？」喬許追問。

「剛才說了，不會很久，可能幾天而已。」

是我胡思亂想，還是喬許真的露出安心神情？我不明白喬許為什麼排斥自己父親，但這件事情還是先別告訴史恩比較好，否則他可能會崩潰。只能先假裝兒子能夠接納他。

回到客房，史恩已經整理好床鋪正要攤開毯子，見我進門就放下東西。「嘿。」

「嘿。」

「那個……」他抓了抓額頭上的疤痕，「喬許有提到我嗎？」

總不能說喬許知道他不會久留很開心。「他挺喜歡你。」

幸好沒說實話，笑意在史恩臉上漾開。「太好了，我剛剛還在想，反正找工作要些時間，之後喬許放學我每天過來幫妳照顧也不成問題。」

「唔……」我別過臉，「不過已經有請保姆了，她每天都會來。」

「但這樣妳就省了錢，我也有更多機會和他相處。」

「我想想吧。」實際上是不考慮，一方面對瑪姬很滿意，另一方面則要考慮喬許對史恩似乎好感不足。「對了，上面抽屜有準備你可以穿的衣服。」

史恩拉開床邊小櫃子，取出一件男士T恤。我這時候才留意到正面印著提姆就讀的雪城（Syracuse）大學標誌，從史恩表情也看得出他知道這件事。「這是提姆的衣服對吧？」

「嗯。」我只能承認，「正好在家裡，就……」

他一臉嫌棄丟在旁邊。「唔。」

「抱歉。」現在我意識到十分不妥，之前卻覺得只是衣服應該沒什麼大不了。「我明天給你準備別的。」

史恩嘆口氣坐在床邊。「不必啦，沒什麼好挑剔，只是衣服而已。」

「洗過了。」我說得很無力。

他低頭看著腿上的東西。「妳會這樣為難其實也是我的錯。要是那天晚上我保護好妳……」

「你警告過我了。」

「嗯……」他抬起頭，「一想到妳搬回來又會遭到他矇騙我就很擔心，要是妳再出事我真的沒辦法原諒自己。」

我坐到他旁邊。「不是你的錯。你人在監牢裡能怎麼辦呢？而且結局是好的就行了。」我輕輕拍了他的手，「至少你終於出來了。」

他咯咯笑。「是啊。」

史恩低頭看著我的手，接著視線掃過我全身，臉上寫滿了渴望。想想也沒什麼好意外，他被關在監獄長達十年，連碰女人一下的機會也沒有。

這麼多年過去，史恩還是一樣帥。小時候看他馳騁球場我就十分崇拜，想不到長大了更加性感，甚至肌肉比高中那時候更壯，想必坐牢這些年也努力健身。只能說他的魅力非常難抵抗。

但，現在不行，所以最好收手，越快越好。

他留意到我將手抽回去立刻別開目光。「啊，對不起。」

我保持鎮定。「沒關係。」

「不是有意造成妳不舒服。」他解釋，「老實說看著妳的時候我確實是……但無論如何那是我自己的問題，不該讓妳承擔。我保證我住在這裡的期間絕對會保持紳士風度。」

「謝謝。」我微笑道，「話說回來，你很性感的，不必擔心找不到對象。」

史恩笑了。「真的嗎？那就好。」

「雖然很長時間沒談戀愛了，但你要找女孩子彌補那段空白也很容易。」

「欸……我想要的並不是隨隨便便在酒吧釣人回家。」他咬著下唇，「唔，我意思是說，沒錯，我是很久沒對象，但也不是誰都可以，還是得找到我認同和在乎的人。」

「史恩——」

「譬如說，我兒子的媽媽……」

這句話勾起我心裡很多波瀾。我兒子的媽媽。對我而言，史恩也有不可取代之處。他是喬許的親生父親，也是多年後唯一能真正完整這家庭的人。如果陪在身邊的是他，就不必擔心自己的伴侶無法將兒子視如己出。

「卜珂？」他眼中閃爍的毋庸置疑是慾望。

「那份特殊的情感，」我說，「確實值得追求，不該妥協。」

史恩湊近吻我，這次我沒有避開。

48

一身冷汗驚醒。

昨晚史恩與我終究做了。儘管我原本不認為應該那麼快，但能感受到他的渴求，實在很難開口拒絕。畢竟他被剝奪十年性生活，面對在沙漠流浪十年的人怎好意思連杯水都不給。

唔，這樣類比好像不大合適，但意思到就好。

結束得很快，事後我也異常空虛。史恩倒頭就睡，兩個人連聊幾句的機會也沒有。這樣也好。我悄悄溜出客房躲回自己臥室，翻來覆去超過一個鐘頭才睡著，睡得也不大安穩。

一如預期，惡夢接連不斷。

是我以前就做的那些惡夢：回到舊農舍，客廳一片漆黑，外頭風吹雨打。雪花項鍊在脖子上越箍越緊，最後隨著雷聲斷開。

醒來一看，凌晨三點。睡衣都濕了。

我躺在床上發抖。與其說是惡夢，不如說是再次經歷那可怕的夜晚。

先是提姆用項鍊勒我，接著是打雷，再來……是什麼呢？

雷聲隆隆之中我還聽見別的聲音。我很肯定這點，卻無法分辨自己究竟聽見什麼。那個記憶在潛意識邊緣捉摸不定，我緊緊閉上眼睛，覺得內心空了一塊。

如果十年都想不起來，也不大可能今天忽然想起來。

可是我意識到自己其實是被聲音吵醒。外頭有動靜。明明下大雪，什麼都看不見，為什麼聽起來像……

汽車引擎？

而且我隔著窗戶確實看見了——車庫門被打開。

我趕緊下床，腦袋一團亂。昏暗中走到能俯瞰自家前方的窗子前面，外頭很黑，只有路燈的微弱光線。雖然車庫門現在看起來關上了，可是……

積雪上有輪胎印？

我瞇起眼睛注視車庫前面那塊空地，不知道自己該不該冒雪出門查看。是自己多心，還是真的有人偷車？車庫門有上鎖，除非從內部否則進不去才對。現在家裡只有史恩，他還沒拿回駕照。當然這不代表他不會開車了，但……

心跳得好快，想躺下睡覺也不可能了。我套上絨毛拖鞋躡手躡腳鑽進客房，離開時史恩睡得很熟，才沒幾個鐘頭應該還在才對。

客房房門關緊，看上去不像有人進出過。我耳朵貼上去，隱約聽見他緩慢的氣息。這種時間還是不要敲門或闖入比較好，讓他好好睡一夜。

一定是我大驚小怪，怎麼可能有人進來偷開我的車。車庫鎖得好好的，這種天氣也不會有人在外遊蕩。

當然想確定的話就該下樓進車庫看看我那輛豐田的輪胎是否沾了雪。假如有，代表真的有人剛開過。

只是越想越覺得自己神經病，什麼汽車引擎的聲音應該都是在做夢。

保持鎮定，回去休息才是上策。

早上起床覺得好難受，眼皮好沉重，得自己用手指才掰得開。還沒沖澡我就走進客廳泡咖啡。

史恩居然已經醒了在廚房，邊哼歌邊煮什麼吃的。我揉揉眼睛望過去，好一陣子他才留意到。

「早安！」他很有活力。

「早。」我大聲打呵欠，「抱歉，沒睡好。」

「我倒是睡得很飽。」史恩轉頭看過來的時候黑眼圈都消了，什麼他半夜開我車子出去晃蕩的想像果然很無稽，好像我嫉妒他睡得香甜似地。「妳家床墊好舒服。」

其實不是什麼高級床墊，但監獄用的床墊是什麼等級我也領教過。

「習慣早起了，」史恩又解釋，「所以就自己下來做早餐，希望妳別介意。還煮了咖啡，妳也喝一點。」

我給自己倒了一杯，平日會加些奶精和糖，今天決定直接喝。「做什麼吃？」

「鬆餅。」

「喬許也喜歡，撒些巧克力脆片更好。」

「收到。」

但我朝儲藏櫃瞟一眼：「記得家裡鬆餅粉用完了不是嗎？」

「我從頭做起的喔。」

「真的？」完全不知道他還有這項技能，「這麼厲害。」

「以前每個星期天早上，我媽都和我一起做鬆餅。」他回答：「我做了很多，妳可以去叫喬許一起下來吃。」

後面那句話竟然說得有點羞澀感。我明白史恩想和兒子多互動，可惜這強求不來。

「早餐過後，」他說：「我去外頭把車道上的積雪清一清，沒問題吧？」

「當然好。」大雪不知凌晨幾點鐘停的，家門前方車道街道都鋪上厚厚一層。以前家裡只有一個成年人，我不動手也沒人會幫忙，現在史恩肯分擔自然輕鬆多了。

「鏟好雪，」他補上，「可以回我老家一趟，看看情況多慘，有空就先清一小部分。」

剛灌進嘴裡的那口咖啡差點全噴出來。「開車去農舍？今天？」

史恩將煎到金褐色的鬆餅翻面。「不方便嗎？因為也得整理一段時間才能搬進去吧，我想說正好週六不如直接開工。」

「是沒錯，但……」我後頸冒出冷汗，「還是覺得應該斟酌一下，裡頭可能很髒、甚至已經是危樓，畢竟都閒置那麼久了。」

史恩抵嘴。「對呀，所以我才想檢查看看，不然放著也不會自己變乾淨。」

我雙手顫抖，怕咖啡灑了趕緊先將杯子放回桌上。「要過去還是覺得不大舒服，那裡發生太多事情了。」

史恩一派訝異。「真的嗎？不都十一年過去了？」

其實那夜的十一週年也才剛過不久。「嗯，是真的。」

他將翻鬆餅用的煎鏟先放在一旁。「唔，那該怎麼辦？我沒有駕照，沒辦法過去。」

「我……」

史恩皺著眉頭繼續說：「還是說，妳幫忙接送就好？不必進去，在外頭讓我上下車？」

我很猶豫。

「拜託，卜珂？」

罪惡感湧出，他沒駕照更沒車子，而且只不過是想回去整理老家罷了。

「好吧。」

才剛脫口而出我就感覺自己會後悔。

49

史恩的鬆餅很高分。喬許不但吃了八個還心滿意足，直說這是他吃過「最好吃的鬆餅」。聽見這句話，史恩表情簡直飛上天了。

「能不能讓我帶些清掃工具過去？」他收碗盤的時候問。

「可以呀……」我說不出口，但其實仍然希望他回心轉意。

「謝謝妳，卜珂。」他伸手在我肩膀輕輕掐了一下，喬許還在場所以我趕快退開。沒錯，我們昨晚上床了，但難道他不覺得在十歲大的兒子面前得慢慢來嗎？

果然喬許看見那一幕就瞪大眼睛，不過沒說什麼。

「那，」史恩問，「什麼時候能過去？」

「去哪兒？」喬許大聲問。

史恩回到餐桌旁邊坐下。「你媽媽和我要去鎮上另一頭一座很酷的農場。我很久以前住在那裡。」

「喔，」喬許說，「好棒喔。」

「要一起來嗎？」史恩問。

我抽了口涼氣，心裡以為喬許大概會說我們去就好，他自己留在家。沒想到這孩子竟然用力點頭說：「好啊！」

「呃，寶貝，」我趕快介入，「你不必一起去，那兒很無聊，而且我們也沒有要進去看。」

「但我想去。」喬許嘟起嘴巴。

看樣子要變成一家三口小旅行了。

史恩提著雪鏟去車道，我開始收拾清掃用具。其實也不知道該帶什麼好，比較擔心農舍那邊髒到筆墨無法形容。既然沒鋪地毯，應該用不到吸塵器，所以我找了拖把、水桶、很多清潔劑，再挑幾條抹布與兩大捲紙巾，剩下的交給史恩自己看著辦。

東西打點好準備出發，我先去找車鑰匙。通常我都將鑰匙放在玄關旁邊書櫃上，位置是由上往下數第四層的韋伯大辭典前面。但今天我居然找不到。

鑰匙呢？

眼睛一晃，在第三層找到了，位置一樣卻高了一層。我拿起來想看看鑰匙圈上是否留下什麼痕跡，因為很肯定自己無論下班或買菜只要回家一定放在第四層。這種動作習慣成自然，既然我沒有換位置的印象它就不該在別的地方。

只不過昨天回家情況比較混亂：同行者是在監獄待了十年的孩子父親，我自己思緒也十分紊亂。如果說有某一天我會錯放，那就是昨天了。

話雖如此我依舊不安，畢竟半夜就是聽見外面傳來汽車引擎聲才驚醒，如今鑰匙居然真的移位。

昨晚真的應該檢查車子。要是別人開過不可能沒沾到雪。現在太遲了，就算有雪也已經融化。

前門打開，史恩回來時手套也裹著一層冰。他將雪鏟歸位到門旁，朝我露出微笑：「工具收好了？」

應該只是自己放錯位置又犯了疑心病而已，鑽牛角尖沒什麼好處。更何況就算史恩真的半夜開車出門又如何？是什麼天大的壞事嗎？說不定只是很久沒碰方向盤，想要回味一下，也沒什麼值得追究。

「嗯，」我回答，「準備好了。」

十五分鐘後，工具搬進後車廂，史恩在副駕、喬許在後座，我開車上路。啟程以後還是止不住那股微微作嘔感，但都答應史恩了，總不能現在反悔。

「記得路嗎？」他問。

「嗯。」我回答很簡短。

他沉默兩秒才問：「妳還好嗎？」

不好，要開車回去十一年前自己差點喪命的地點怎麼好得起來？但這件事情也不方便在兒子面前透露太多。「沒事。」

「真的很謝謝妳。」

「別客氣。」

史恩大概看出我不想多談，於是閉上嘴巴靠著座椅休息。政府通常會派人一大早在馬路鏟雪，雖然不是四輪驅動車但在瑞克鎮內行駛都算順暢，不過轉進農場那條小路就太過濕滑。儘管也有除雪卻除得不算乾淨，加上外頭仍是冰點以下，很多地方雪水結凍。一個沒留神，車子往旁邊滑出去。「天呀，小心點，」史恩開口，「卜珂妳不會在雪地開車嗎？」

確實不大會。之前住皇后區的時候我連汽車也沒有，出門都是搭巴士。這輛豐田是我活這麼大第一輛自駕的代步工具，所以今年自然是我第一次在大雪過後開車外出。

「也許你之後該找個時間指導一下。」我說。

「嗯，應該要。」

我以每小時不到十英里速度慢慢開完最後那段路。幾分鐘之後，老房子出現在前方。

十一年前看起來就夠破爛了，想不到居然還能更糟糕。紅漆幾乎掉光，只有幾小片殘存。前門階梯基本上垮了，屋頂上頭堆著雪，雖然目前看來還撐得住但可想而知損壞嚴重。這老房子需要的修繕會是個浩大工程。

史恩抓著膝蓋望向老家，我不大能判斷此時此刻他究竟心裡想什麼，不過隨即他大叫起來：「看！我以前的雪佛蘭還在！」

他那輛破車當然也停在門口。儘管車上覆蓋厚厚一層雪，但輪廓依舊明顯。房子要大修，車子不可能好到哪兒。我開到雪佛蘭旁邊停下來，有點擔心自己開不開得回去。這輛豐田在雪地行駛非常吃力。

「以前我就住這兒哦，喬許。」史恩對兒子說。

「看起來像鬼屋。」喬許回答。

史恩朝我眨眼。「可能吧。」

真鬧鬼我也不意外，三條人命斷送在此。怪的是史恩態度絲毫不凝重，反倒像是很開心能夠回到這鬼地方。

「欸，」史恩又對兒子說，「要不要去裡面看看？」

「好啊！」

我才要出言反對，史恩和喬許卻已經跳下車子逕自離去。這下我可真的生氣了，只差沒大叫。事前明明說好了，我載他過來就折返。如果兒子跟進去，顯然我就走不成，只能硬著頭皮追過去。

正想叫史恩注意門口，他自動自發將喬許抱上那四級階梯，免了孩子滑倒摔跤的風險。我自己都得抓緊扶手，免得踩在結冰梯子上重心不穩。史恩在口袋摸了一陣摸出鑰匙插進鎖孔那瞬間我有種似曾相識的感受。與他交往期間也這樣子來過他家好幾次。

「史恩——」

「看看而已。」他說。

木頭有些損壞與腐爛，加上整個房子正面幾乎凍結，起初門板紋風不動，史恩用全身力量撞了一下才撞開。我明知不妥，還是跟著走進去。

房子內部與外面同樣冷。雖然沒電，因為現在是白天，倒不像十一年前那夜黑得離譜。天花板上黏了些蜘蛛網，所有家具裹著厚厚一層灰，空氣瀰漫著霜雪和露水的氣味。不是檀香就謝天謝地。

「我的天，」史恩東張西望，「看看這地方變成什麼德行。」

我視線不由自主飄向樓梯底部。就是那裡——在那兒，提姆想用他送我的項鍊勒死我。

喬許伸出手指在沙發上抹了抹，縮回來一看全黑了。「媽，妳看！」

「嗯，很髒。」

「沙發沒救了。」史恩說，「但可以打掃地板和廚房……」

他一臉期待望著我，似乎希望我能幫忙。說實在他也需要人幫忙，獨力清理這地方不知得花多少功夫。既然我都走進來了，看樣子也沒有恐慌症發作，狀況或許沒預期的糟糕。

或許我已經從那一夜的悲劇走出來，清掃這房子有助心靈療癒。

「好吧，可以待個兩小時，」我說，「不能再多了。」

史恩用力點頭。「真謝謝妳，卜珂。」

「小事。」我回答，「那我先把工具搬下車。」

50

一家三口動手打掃房子。

連喬許好像也樂在其中。要他整理自己房間總是心不甘情不願，但換成別人家就變成大冒險，各個角落意想不到的髒東西反而是驚奇。比方說廚房的空垃圾桶卻裝著凍結的老鼠，對我而言是前所未見的噁心，這小子卻莫名其妙非常亢奮，連帶著史恩也情緒高漲起來。

「拜託拿去丟掉！」我低聲提醒史恩，「免得他為了給同學看就偷偷帶走。」

史恩笑了起來。「妳可真瞭解十歲男孩子的心理。」

不過清掃兩小時以後灰塵飛得到處都是，喬許噴嚏打個不停，鼻子發紅、雙眼泛淚。

「你先去外頭吧，」我吩咐，「呼吸點乾淨空氣。」

「不如，」史恩開口，「我帶他四處轉轉好了。附近樹林到冬天很漂亮，還可以堆雪人，喬許你說好不好？」

「好啊。」喬許居然同意了。

我搖頭。「外面好冷，我不想去樹林瞎晃。」

史恩看看喬許再看看我。「不然妳留在這沒關係，我帶他去就好。」

心裡響起警鐘，別讓他這樣做。「不好吧。」

史恩盯著我幾秒鐘，目光忽然變得深沉。「為什麼？」

「不安全。」

「有什麼不安全？」他皺眉，「我在他這年紀也會進林子玩，而且還自己去。現在孩子有我跟著，我會照顧好他。」

「我知道，可是——」

「我會保護他。」史恩臉頰微微泛紅，「妳不信任我？」

我，信任他嗎？

是我主動為史恩洗刷冤屈、讓他重返自己的生活。他是孩子的爹，可以圓滿這個家。倘若我無法信任他，問題就不單單是讓他光天化日下帶兒子出去走走這麼簡單。

喬許拉拉我的手。「媽，我想去。」

連兒子都開口了，或許父子間的默契逐漸成型，現在從中作梗有點不近人情。

史恩從口袋掏出我給他的翻蓋手機在半空甩了甩。「電話帶著呢，有事就打過來，我也有妳的號碼。」

「好吧。」我回答，「小心點。」

史恩捧著自己胸口。「我發誓用生命守護他。」

這我倒是信。

看著父子倆都戴好帽子手套，我隨他們到門口，目送兩人踏進農舍旁邊那片小樹林。喬許一度踩在冰上要滑倒，但史恩伸手穩住了。

沒事，畢竟史恩可是他親生父親，不會讓兒子出什麼差錯。

我回到屋內關上門，感覺外面越來越冷，一定低於冰點了。說不定過個十分鐘喬許就會哇哇叫著回來避寒。不過兒子沒我這麼怕冷，要他上學穿外套都得三催四請，總不可能外頭華氏二十度（約攝氏零下七度）還讓他只穿一件運動衫就出門。我猜史恩小時候也一樣。

打掃了好一會兒背有點疼，我找了張乾淨的椅子坐下休息，從外套口袋掏出手機卻發現訊號很差，行動網路才一格。有訊號就好，我點開網路瀏覽器，遲疑片刻才輸入：提摩西・瑞斯。

為什麼一直查詢他，我自己也不明白。都過了兩個月，不太可能忽然有轉折。事發當下每家報紙都秀出他照片，新聞很轟動，彬彬有禮的小學副校長竟然殺害前女友，甚至涉嫌多年前的大規模命案。

而提姆竟然厚顏無恥聲稱自己清白。我總覺得他的目的就只是要折磨我。女子遺體就在他家地下室被警察發現，難道還以為能夠全身而退？檢察官已經捎來通知，請我在審判時出庭作證。我很害怕，卻又不得不面對。十年前就是因為我的誤會才沒將他關進監獄，自始至終我都被玩弄於股掌間。

所以我不該再將心思浪費在這人身上，索性連搜尋紀錄也全部刪除。

然後點開本地新聞，心想趁著史恩和喬許還沒回來可以讀一會兒。不知道他們兩個會堆雪人堆到忘我，還是兒子很快就嚷嚷太冷要進屋。網頁很久才讀取完畢，文字出現過後好一會兒才能看到圖，而且應該很耗電。等待時我瞥見第一條標題。

》本地監獄警衛遭到謀殺

盯著這幾個字我心一沉。不會吧。不會吧？

我趕緊點擊標題，但是沒反應。這地方網路訊號怎麼差成這樣？旁邊那張圖片簡直是一個個像素填上去，所以螢幕最先浮現的是一顆光頭。

難不成是馬可斯．杭特？不會吧？

圖片繼續填滿，我已經能看到那雙眼睛。

真的是他，是杭特。被人發現死亡的時間其實算是今天。我再點一次文章，網頁還是卡住。沒辦法讀內文，這樣我就無法知道事發時間與經過，只能確定馬可斯．杭特已經遇刺身亡。

既然被放在焦點新聞，代表屍體也才找到不久。就昨夜的事情？我不確定。能確定的只有早上車鑰匙換了位置，不是我昨天放的地方，還有就自己在瑞克監獄所見所聞，史恩必定對馬可斯．杭特恨之入骨。

頭昏腦脹。我跳下椅子來回踱步，彷彿走來走去就能想通昨夜究竟怎麼回事。當然房子空蕩蕩地不會給我什麼線索，只有漫天的塵埃。

走到樓梯底下，我搭著扶手忽然愣住。扶手也一樣髒。

那夜我站在這兒，一下樓就被提姆從背後勒住。因為太愛胡思亂想，我竟然以為是茜爾希持刀捅死布蘭登和凱菈，所以急急忙忙逃出房間往一樓跑，沒想到過沒多久她自己也死了，可以說是被我離開房間的決定給害死。

我閉上眼睛拒絕回想，但記憶不聽話，越抵抗越鮮活。還以為這些年過去，該忘的都忘了，如今故地重遊一切又恍如昨日。

我想起自己從史恩的臥房竄出來，用最快速度下了樓梯，卻被什麼東西給絆倒。緊接著猝不及防，提姆壓在身上，扣住項鍊勒我脖子，檀香氣味鑽入鼻腔。打雷了，所以另外一個聲音我聽不很清楚。

彷彿還能感受到那份重量壓在身上。

無法呼吸的我拚了最後一口氣大叫：史恩，不要！

我猛然睜開眼睛，倉皇自樓梯口退開，心臟噗通噗通跳著。過了好些年，我開始質疑自己的記憶，因為沒看見凶手的臉就認為代入誰都能成立。但事實並非如此，那一夜我就知道是誰了，現在只是重新想起來。

凶手是史恩。

那時候我們已經交往好幾個月，所以我熟悉他的身體，很確定壓在身上的是他，而不是當年身材高瘦的提姆。一定是史恩，想勒死我的是他，昨夜殺害杭特的恐怕也是他。我怎麼能自欺欺人到這種地步？

杭特說得對，史恩心機太重了，他一步步誘導我……

我渾身顫抖，耳邊恍若響起當年那道雷。雷聲底下隱藏的聲音就是謎題關鍵，我好像聽到了，那是——

朦朧的尖叫。

史恩在客廳這頭勒我，同時茜爾希卻在樓上臥房裡尖叫。她尖叫並不是因為看見史恩行凶，那時候房門是半掩著的。

茜爾希尖叫，是因為有人持刀闖入。

闖入的人，當然不會是史恩。

換言之那天房子裡有兩個殺人魔。活下來的就三個，所以只剩唯一可能性。

我的天……

提姆和史恩是共犯。

51

完全說得通，真不敢相信自己居然從未朝這方向思考過。

譬如那天史恩載我回家，讓我下車的地點正好就在提姆家門口。他從來沒有這麼做。更巧的是提姆就在自家院子等著，恐怕是兩人合夥算計好我會開口邀約。即使我真的裝傻，提姆也可以主動詢問，我應該還是拗不過。

抵達農舍這裡，他們表面上針鋒相對，一見面卻交頭接耳。我還記得那天傍晚兩個人眼神很怪，當時以為是互看不順眼，回想起來似乎沒那麼單純。

在場只有史恩知道提姆與崔西．基佛約過會，其餘人得知都十分訝異。如果兩人合謀殺害那女孩，史恩會知道就是理所當然。崔西．基佛或許是為了那一夜所做的排演。

發現布蘭登的屍體之後，茜爾希與我走出後門談話，客廳裡只剩下史恩和提姆。這對他們而言是天賜良機，提姆直接上樓設法進入房間除掉凱菈。

後來茜爾希和我分開行動，史恩在客廳這頭要勒我。我以為絆倒自己的是提姆，但當時四周太黑，我根本無法確定腳下的東西是什麼。提姆趁暗行動，我快窒息時他上樓到史恩房內動手，茜爾希的叫聲幾乎被雷聲蓋過。原本我想不通茜爾希死在何時，這下子水落石出了。

後來兩人發覺被我逃了才設法補救。顯而易見，提姆腹部那刀用意不是取他性命，只是讓他能夠假扮受害者。史恩頭上腫一大包是同樣道理。他們偽裝昏迷，或許計畫是料定我沒看見凶手容貌就全推給遊民，再以腳印因暴雨沖刷而消失搪塞到底。

卻沒料到我矢口不移咬定史恩，提姆為保自己周全決定倒戈，順著我的話一起指控。史恩想必氣炸了卻無可奈何，即使戳穿真相他還是個殺人犯。

他很走運，因為提姆忍不住又殺了人。

我雙腿發軟，還沒回到座位就跌坐地上。史恩是個心理變態，現在我能確定那夜凶手確實是他，偏偏此時此刻他帶著兒子去樹林。

我的兒子，但也是他的兒子。

手顫抖得太厲害，差點沒辦法從口袋掏出手機。得先叫他們回來，而且不能被史恩察覺我已經發現真相。回到鎮上我立刻報警，將所有事實攤在陽光下。

鈴響五次令我心焦如焚，好不容易等到話筒傳出史恩聲音。「嗨，卜珂。」

聽起來那麼正常，完全沒有變態殺人魔的味道。我也不能露出馬腳。「那個，你們怎麼還不回來呀？」

「馬上。」史恩淡淡道，「我們堆雪人，玩得正開心。」

「玩得開心是很好啦……」我努力保持語調鎮定，自己平常怎麼說話的？一下子想不起來。「不過有點晚了，你們趕快回來吧。」

「晚？才剛過中午而已。」

「但是……外頭很冷，我怕喬許會感冒。」

「他穿那麼多，不必擔心。」

「我覺得你們還是先進屋子比較好？」

忽然一陣特別長的沉默。「不，一點都不好。我只不過想和兒子多相處一會兒而已啊，卜珂。妳也知道的，我和他十年沒見到面，甚至根本不知道彼此存在。」

「史恩，」我大口吸氣，「聽我說——」

「不，是妳聽我說。」他語氣驟變，我明白自己錯過唯一的機會。「我失去十年的光陰，妳一聲不吭瞞了我整整十年。」

「對不起……」我聲音孱弱起來。

「現在道歉會不會太遲？」史恩悶哼，「但不勞妳操心，既然我出來了就有辦法彌補那段空白，輪到妳去體會失去的滋味。」

「史恩——」我跳下椅子、心跳加速，急急忙忙跑到門口。「你想幹嘛！」

「妳明知故問。」

我走到房子外面，瞇起眼睛朝父子倆先前方向望過去，除了一片白茫茫什麼也沒看到。他們到底去了哪兒？

「不能回家談嗎？」我哀求似地說，「我能理解你心有不甘，但可以換個方式解決，我很希望這個家能夠完整。」我伸手探進外套口袋，邊找車鑰匙邊繼續講話。「你們在哪裡？我開車過去吧。」

就算翻遍這條路也得找到他們，絕對不能放棄。

可是，車鑰匙呢？

「妳要怎麼接我們呢，」史恩回答，「車鑰匙在我這兒。」

「怎麼會……」我在口袋翻來翻去，心想不可能有這種事，卻真的只翻出皺掉的面紙。

「妳不也心知肚明嗎？」

沒想到竟是我一手將這怪物放出監獄，還眼睜睜看他帶兒子走入森林。今日種種又要成為日後夢魘。

「為什麼要這樣做？」

卜珂妳快點回神！

跑下門廊階梯時我在最後一級滑倒，兩腿拐到之後右邊腳踝劇痛。電話脫手掉在雪地，我趕快撿回來。

「史恩，」我低呼，「拜託……先回來，我們慢慢談。」

「喔，別擔心，」他回答，「會再見面的。」還來不及放心，他立刻補充：「總得讓妳為自己的所作所為付出代價啊。」

「史恩——」

「不知道，」他繼續說，「妳會不會叫得比崔西．基佛還淒慘？」

我嘴巴合不攏，想說話但聲音卡在喉嚨。

「再見，卜珂，」我彷彿看見電話另一端的他露出獰笑。「別怕，不會讓妳等太久。」

話筒傳出兒子的笑聲。或許這是最後一次聽見了。

「史恩！」我大叫，「求求你——」

太遲了，電話被掛斷。

就算再撥過去也立刻轉接語音信箱。史恩不會帶喬許回來了，兩人身在何處我毫無頭緒。他已經亮出底牌，我也失去所有優勢。雖然史恩揚言要再對我出手，但他不是笨蛋，自然會長久蟄伏，等到警方和我都放下戒心那一刻。

不知為何，想到必須與史恩對峙並不令我膽怯。我恐懼的是兒子會不會出事，絕對不能放過那個禽獸。

抓著樓梯扶手起身，體重一放在右腳踝就疼得不行，感覺扭到甚至骨折了。我沒勇氣脫下靴子查看傷勢，反正也不會自己好起來，對我找到史恩和喬許毫無幫助。

顫抖的指尖在手機按下九一一。不能讓他帶走兒子，警察發布安珀警報❾之後很快就能找到他們。史恩除了監獄哪兒也別想去，尤其他連車子也沒有——我的豐田停在原地，他偷走鑰匙不知什麼意思。想必很快就會被警察逮捕。

問題是，我撥號撥不通。瞇著眼睛朝螢幕一看。

沒訊號。

史恩一掛我電話就沒訊號？未免太過巧合，難道他能妨礙電波通訊？該不會十一年前就和提姆一起靠這手法阻止其他人求援？

這下子該怎麼辦，沒車沒電話的狀況下似乎只能走去大馬路，但我實在沒把握現在這腳踝撐得住。

別無選擇。為了兒子，就算骨折也得走。不能讓那禽獸帶走喬許，天知道他還有什麼瘋狂的念頭。

體重壓在右腳踝立刻痛得我幾乎暈厥，但我忍住了。為了兒子我必須挺住。

每一步都彷彿刀剜，我跌跌撞撞前進，即使心裡沒底也得硬著頭皮繼續走。到達大路之前不能停，還得設法攔下一輛車。

出乎意料的是竟有一輛車順著小路直直朝我開過來。綠色休旅車，跟瑪姬開的同款。感謝上蒼，這樣就不必拖著受傷的腳踝慢慢走。我朝那輛車子用力揮手，彷彿又回到十一年前那個夜晚。

休旅車戛然而止。

「幫幫忙！」我尖叫，「我兒子被綁架了，拜託幫幫忙！」

駕駛座車門打開，我錯愕到幾點——下車的人是瑪姬，兩道白色眉毛幾乎糾結在一起。

「卜珂！」她跟著叫了起來，「妳還好嗎？」

瑪姬在這個時間點行駛到這個地方，巧合到不可思議。但我無暇顧及太多。

「喬許被綁架了！」我拖著傷腿走過去，「應該還在附近樹林裡，可能會有危險，得趕快報警。」

瑪姬視線落在我腳上。「妳腳受傷了，怎麼回事呀？」

「在雪地上滑一跤。」我有點惱火，怎麼十萬火急的事情不管卻先問我小細節。「我的手機沒訊號，妳的手機能用嗎？可以的話幫我報警。」

「我看看。」瑪姬鑽回車廂翻出大手提包，翻了好一陣才找到手機。「唉，沒轍，收不到訊號。」

不出所料。「那就直接開車去警局，現在就去。」

---

❾用於美國和加拿大的兒童失蹤或綁架預警系統，命名淵源為一九九六年遭綁架殺害的女童安珀·海格曼。

瑪姬轉頭望向樹林。「妳為什麼認為孩子會有危險呢？他不是和自己爸爸在一起嗎？應該沒關係吧。」

「瑪姬——」我正要解釋，但聲音卡在喉嚨。

從頭到尾我都沒提過史恩是喬許的生父，甚至連史恩這個人或者今天的行程都沒交代才對。而且她在這兒遇見我，臉上絲毫沒有驚訝表情。

「瑪姬……」我不禁疑惑。

她微微嘟起嘴巴。「其實那不是本名。我們早就見過了，名字也告訴過妳，只是妳又怎麼可能會記住呢。」她噗嗤一笑，「不如這樣吧？要是妳現在說得出我叫什麼名字，我立刻帶妳去見史恩和喬許。」

我盯著那張滿是皺紋的面孔用力回想，但還沒想起來就看見她又將手伸進大包包翻找。這回掏出的不是行動電話，而是一把槍。

槍口對準我。

52

千端萬緒湧入腦海。瑪姬為什麼有槍，她來這裡做什麼，怎麼發現史恩是喬許的生父？絕對不是我說的，我只告訴過提姆，而提姆應該也沒有理由透露給她。

「瑪姬——」我抽一口氣，「妳……這是幹什麼？還以為我們是朋友。」

「朋友！」她仰天大笑，笑得下頷抖動起來。「我們怎麼可能會是朋友呢，之前忍著只是想先陪陪孫子，否則早八百年前就一口痰朝妳臉上過去！」

我嘴合不起來。「妳說孫——」

「幸好喬許還算乖巧，」她自顧自地說：「沒我兒子表現好也是理所當然，畢竟小時候不是我來養，都被妳給帶壞。這麼多年來妳媽那個老巫婆竟然連這孩子的存在都沒提過半句，妳說是不是很離譜？」

我除了搖頭還是搖頭。「究竟怎麼回事？妳不是有女兒嗎，妳自己的孫子孫女呢？」

瑪姬咬著牙，將槍握得更緊，指節漸漸泛白：「我沒有什麼女兒，只有一個兒子，而且我眼睜睜看著他坐牢十年！連唯一的孫子也直到一年前才發現！」

我驚呼：「你是史恩的母親！」

「沒期待過妳會記得。」她聳肩，「就見過幾次而已，都那麼久的事情了，反正妳也沒在乎過才對。」

不只如此，帕米菈．聶爾森的容貌與十年前相去甚遠。記憶中的她是一頭烏黑亮麗的波浪秀髮，我請來照顧喬許的老嫗則身材圓潤又白髮蒼蒼。這十年間她變化太大，我確實不可能認出來。

「聶爾森太太——」相較於外婆，這個祖母非常寵溺喬許，心裡應該十分在乎。同樣地，喬許也很敬愛她，所以或許能夠動之以情，而且會不會她並不知道自己兒子的真面目呢？話說回來，現在舉著槍的也是她，說不定一切她早已心裡有數。「我明白妳對史恩的愛，可是他真的犯了很重的罪。十一年前那件事情我誤判了，凶手並不是提姆……應該是，提姆也是凶手，他和史恩是共犯，聯手殘害了三條人命。」

她朝我露出冷笑。「呵、呵，妳以為自己知道全部真相了是嗎？」

「沒錯！真相就是他們兩個串通殺人。史恩在客廳想要勒死我，同時間提姆在二樓……殺死了我的閨蜜。」

「不對，」她回答，「跟他沒關係。」

「妳又不在場——」

「我在喔。」她甩了下槍口，「茜爾希是我拿刀捅死的呀。」

我渾身一冷。什麼?

「你以為提姆·瑞斯那種偽君子有膽子下手?」她嗤之以鼻,「原本打算讓他背黑鍋而已,誰叫他去和那個什麼崔西·基佛約會。我和史恩都安排妥當了,只讓他活下來,這樣他在警察面前百口莫辯。要不是妳亂跑,事情都會按照計畫進行。」

真不敢相信自己的耳朵,而且太多地方對不上,例如我在提姆家地下室看到的屍體。「那克莉·盎德伍又是怎麼回事?」

帕米菈·聶爾森舔了舔乾裂嘴唇。「我總得想個辦法把兒子從牢裡救出來吧。既然那個週末妳確定要去提姆家,我當然就能做足事前準備然後再匿名報警。尤其你們居然早就交換過鑰匙,要進他家地下室實在方便。」

我盯著槍管,暗忖這女人已經喪心病狂無藥可救,而自己竟然絲毫未察。回想起來,聘請「瑪姬」之前我還打電話詢問所謂「前雇主」,對方讚不絕口,但究竟是什麼人?身分絕對是造假。

「看妳和那傢伙談戀愛真是夠噁心。」她繼續獰笑,「還一副對我孫子視如己出的嘴臉呢!但也只能好好鼓勵妳把握機會,畢竟這是唯一能為史恩洗刷污名的管道了。然後實在太好笑了,妳收到項鍊的時候那是什麼臉啊,沒枉費我特地去夏季跳蚤市場把東西賣給他了。還不就是妳逃走,我才會在家裡地板找到那玩意兒嗎,留著這麼多年沒有白留。」

我雙頰發燙，怎麼這麼容易中計呢？心裡明知道提姆．瑞斯是好人，卻不肯相信那份直覺。

「到底為什麼這樣做？」腳踝很痛，但我無暇顧及，得找話題讓她分心然後抓住破綻。「妳和史恩殺幾個無辜青少年有什麼意義？」

「另外三個還真的是白白送死。」聶爾森太太的語調彷彿人命毫無意義。「親愛的，目標始終只有妳一個，我要拿妳殺雞儆猴。」

「我……？」

她撥開垂到臉上的一綹白髮。「都沒懷疑過為什麼妳爸妳媽那麼堅持不准妳和史恩交往？妳大概想得太單純了，以為自己爸媽勢利眼嫌我們門不當戶不對之類。他們一定沒說出真正理由吧？要是他們說出來，連妳也不可能瞞著爸媽偷偷約會了。」

我無言以對，只能搖搖頭。

「史恩五歲的時候，我愛上妳爸。」她聲音微微哽咽，「交往將近一年，他說會和妳媽離婚，說了很多次。他還說自己想要拯救我和我的孩子。最後呢，他又說他做不到了，沒辦法丟下正宮和妳，所以就放棄我們這邊。妳過的那種生活，原本屬於史恩和我！」

「我……我又不知道……」

「妳那腦袋瓜除了每天開開心心，」她更用力握緊槍，「還懂什麼呢？連妳自己父親對我們幹了什麼好事都一問三不知！還有妳媽，明明一清二楚，卻連救濟我們一下也不肯，搞得我兒子才高中就得拚命打工，否則我們連房貸都付不出來。」她沉吟一會兒繼續，「妳爸妳媽本來就該死。就算不為了騙妳回來，我動手也只是早晚問題。」

我掩住自己嘴巴。之前以為父母的死是一場意外，但顯然我錯了，凶手就是眼前這女人。她的瘋狂遠遠超乎想像。

與父母不親的一個原因在於無法寬恕。從我決定生下史恩的孩子，他們就扭扭捏捏好像這事情見不得光，然而現在我總算理解背後一部分原因，至少能明白為什麼他們叫我別回瑞克鎮也別昭告天下。其實爸媽並非以我為恥，而是害怕這瘋女人得知自己有孫子。

「他們怎麼對我的，我都告訴史恩了。」聶爾森太太又說，「所以我們不只聯手行動，這計畫本身就是他想出來的。真是乖孩子，為了媽媽無所不能，什麼都願意。」

「好，我父母虧欠妳這一點我理解了——」我說得非常小心，同時竭力保持鎮定。為了喬許，我必須堅強。

「至少我有個孫子這種事情總該說一聲吧！」她吼道，「都從我生命奪走那麼多了，連喬許也不讓我見上一面？到現在才相處六個月，本來一出生就該陪在他身邊啊！」

聶爾森太太說得眼角帶淚，或許真有可能和她講道理、說服她放下武器。畢竟她是愛喬許的，無論思想多瘋狂也有溫柔那一面。在孩子面前的表現並不是演戲。

「聶爾森太太，」我緩緩道，「喬許很喜歡妳，這半年裡他也和妳很親。難道我們就沒辦法和解，好好成為一家人？」

有一瞬間她似乎認真思考這個可能，槍口微微下降、臉上表情軟化。然而我大膽上前一步就立刻又被瞄準。「門兒都沒有。」

「瑪姬，求求妳——」明知那不是本名，我還是這樣喚她。

「不可能。」她語氣堅決，「哪兒信得過妳呢，想必妳跟妳爸一樣，骨子裡就是忘恩負義的人。為了喬許、史恩和我能夠安穩度日，只好請妳先退場。」

「拜託……」我腿在發抖，「拜託。沒必要做這麼絕。」

「又不是我做的，」她笑意多了分寒氣，「不巧有人闖空門而已。史恩帶著喬許去森林裡玩，歹徒朝妳腦袋開槍還搶走所有財物，實在太可憐了。幸好喬許的爸爸出獄了，孩子還有人照顧。」

「求求妳——」

我會死。史恩帶著喬許回來時只會看見雪地上的死屍。

雖然喬許一直想見親生父親，但他還是需要母親的陪伴才能好好長大。我不能就這樣放棄，不能將他交到這對神經病母子手中。

即使我不知道如何反擊。

忽然遠方傳來巨響，方向就是樹林內。聶爾森太太下意識轉頭望向聲音來源，而我則看見自己唯一的機會。

所以我飛撲過去，用全身力量扣住她的右手手腕。

53

槍聲響起，子彈卻沒有擊中我，應該打在遠方某處了。我與聶爾森太太展開扭打，以年紀而言她力氣大得出奇，幸好我體能也不算差，而且情急之下根本顧不得腳踝有多疼，一心想著壓制住對方。這是唯一的機會，為了喬許我必須盡力。

第二聲槍響。

聶爾森太太忽然不再抵抗，手槍哐啷掉在我身子底下。低頭一看，積雪上的紅斑逐漸擴散。她打中了自己。

趁著對方鬆懈，我趕快搶走手槍。她一隻手按著淺褐色大衣，布料顏色越來越深，生命一點一滴流向地上那片紅色血潭。

「聶爾森太太？」我低聲呼喚，「瑪姬？」

她張開嘴，但發不出聲音，嘴角滑下一抹血痕。沒了武器癱軟在地的她看上去完全不像會拿槍指著我的大惡人，依舊是每天準時守在家裡不讓孫子撲空、每晚準備新鮮餐點給他享用的和藹老奶奶。

一抹苦澀湧入喉嚨。這並非本意，我沒想過射殺她。這樣下去她會沒命的，但怎麼能怪我呢？如果非得死一個，我也是迫於無奈。

即使明白這道理，感受還是極度惡劣。

我先閉上眼睛深呼吸。現在該擔心的並不是聶爾森太太，我得趕緊動身。她已經不會構成威脅，可是兒子還在那個變態手上，我得趕快去救人。

喬許，加油！

我抓著手槍，一拐一拐繞到汽車後面。拿到武器雖然有種安心感，但不得不提防史恩也有槍的可能性。更何況，其實我不知道怎麼用槍，除了扣扳機什麼都不懂，怎麼瞄準也毫無頭緒。

想不到才進入樹林就看見一個小身影從裡頭出來。我呆了半晌，認出是喬許。只有他一個人，哭得歇斯底里，不過看來沒有大礙。

「媽！」他擠出聲音，「媽咪！」

我趕緊將手槍藏進大衣口袋不給孩子看見。他衝進我懷中沒命似地緊緊擁抱。

「喬許……他有沒有對你怎麼樣？」

「媽！」他抬起頭，臉上滿是淚痕。「出了意外！史恩好像受傷了！」

啊？

「樹上積雪塌了，打在他身上！」喬許支支吾吾，「他在那邊！」

腳踝好痛，但我還是跟著喬許進森林，剛好快撐不住的時候瞧見前方的雪人，想必是他們父子堆出來的。喬許用力扯我手臂。「那裡！」

很不想上前，腳踝並非最大因素。十一年前史恩‧聶爾森就想要殺我，五分鐘前，他媽媽又想除掉我。就算他暫時昏迷，不代表醒過來不會對我出手，畢竟除了一個嚇壞的小朋友就沒別的目擊者了。

難道是陷阱？他躺著埋伏，等我靠近就跳起來掐住我脖子？

「媽！」喬許又拉扯我手臂，「趕快救他！」

我伸手探進口袋，摸著槍才敢向前。要是史恩圖謀不軌我也不能心軟，既然能朝他母親開槍就能朝他開槍。

抓著槍柄穿過雪人，走了一小段距離以後看見確實有個人倒在地上，似乎完全沒動靜。不僅如此，頭部周圍紅跡斑斑，與雪地的皎潔形成鮮明對比。

「媽，他沒事吧？」喬許用手背抹抹鼻子，「那邊那棵樹上的冰一下子全部砸在他頭上！」每棵樹都垂著冰錐，遠看像是耶誕裝飾，其實挺美的。我握著槍的手還在顫抖，試探性湊近一步觀察倒地的史恩。他臉上很多血，額頭多了一道傷口，比幾個月前縫合的大很多。

最重要的是，他睜開的雙眼完全不眨。

「叫救護車！」喬許又拉我袖子，「得送到醫院！」

實在不忍說出真相。我恨這男人，但不必讓他知道。這孩子甚至不明白自己或許因為這些冰錐而得救。再也沒必要告訴喬許眼前這人就是他盼了很多年的親生父親。

畢竟，他連史恩已經死了都沒能看出來。

54

「今天我看到提姆了。」

喬許在餐桌邊忽然跟我提起這件事。我嘴裡嚼著起司通心粉，可惜並非用四種起司混合、表面也沒有撒上抹奶油烤酥脆的麵包屑，因為那都要瑪姬才會做（抱歉，應該改口了，她叫做帕米菈・聶爾森）。我只能買盒裝冷凍食品回家，三美元六包，裡頭用的是起司粉，標籤上只註明是起司「五十二號」。

其他五十一種去了哪兒？我不知道也不想知道。

「是喔？」心裡很糾結，似乎想知道後續，卻又不真的那麼想聽。

「是哦！」喬許的那個「哦」音調特別高，他最近有這怪習慣。「我幫妳寄信的時候在轉角碰上了，他也去寄信。」

腦海湧出千絲萬縷：他看起來怎麼樣？氣色還好？有沒有提起我？恨不恨我？「你們有講話嗎？」

「他說嗨。」

「那你說什麼？」

「我也說嗨。」

這可能是喬許說過最無趣的一件事情，我卻每個字都聽得很仔細。「之後呢？」

孩子瘦小肩膀聳了一下。「我就回家啦。」

提姆出獄之後與喬許初次再會，本該吊人胃口的故事不了了之，喬許又塞一口通心粉到嘴巴裡。其實幾天前我也看見了，一輛奧茲摩比（Oldsmobile）停在提姆家門前，推測是瑞斯老夫妻回來接兒子出獄、幫他回歸正常生活，因為所有殺人罪嫌都洗清了。

案情轉折在於帕米菈．聶爾森並未死於槍傷，也多虧她熬過來了才能自白一切，換作史恩的話恐怕不會甘願配合——聶爾森太太得知兒子死訊後自暴自棄無力掙扎，什麼都對警方招供，故事非常離奇。

譬如，十一年前史恩殺死崔西．基佛之後雙手染血滿臉驚恐回到家，向自己母親說出犯行經過，聶爾森太太不得已幫著兒子掩蓋真相。也就因為第一次脫罪手法成功了，母子倆得意忘形。根據她向警察交代的內容，只因為我父親當年捨不得妻小就放棄他們，母子倆便聯合起來擬定了殺人計畫。十一年後，她挑了提姆來我家過夜的日子假冒提姆名義將克莉．盎伍德騙到他家，克莉進門以後她自稱是管家、謊稱提姆「一會兒就回來」，並送上摻有安眠藥的飲料。克莉昏迷以後被帕米菈推進地下室，雖然在樓梯上摔斷頸骨，但致命傷是咽喉那一刀。

而我究竟在哪一步鑄下大錯？終究是社群媒體。爸媽早就警告我別在網路留下蹤跡，問題是我在皇后區任職的公司把耶誕家族派對照片全上傳到Facebook公開，而且事後並未告知我，於是帕米菈・聶爾森才知道有喬許這個孩子存在。她對我爸媽的隱瞞怒不可遏，加上想引誘我回去瑞克鎮，便設下圈套加以謀害。為了確保我會進入監獄工作，帕米菈特地打電話向這一帶所有醫療機構控訴我的表現缺乏專業。

史恩當然沒閒著。為了騰出診間空缺，他指控前一任專科護理師伊莉絲私售麻醉藥，結果根本是誣告，現在也洗刷冤屈了。經由DNA鑑識確認聶爾森母子是所有命案的真凶後，檢察官撤回對提姆所有起訴，然而司法流程曠日費時，所以他前幾天才真正出獄。

想當然耳，他並沒有登門拜訪。

「可以找提姆過來啊，」喬許提議，「幫忙修理外套櫃的燈泡開關？」

門口外套櫃燈泡拉繩鬆了，所以這陣子我都得摸黑找衣服。能修理當然最好，但我想現在去求救，提姆應該也不怎麼想再幫忙了。人家看見我不直接甩門離開都已經很給面子。

「可能沒辦法。」我說得很小心。

「為什麼？」

「提姆可能在生我的氣。」

「這又為什麼？」

過去幾個月的種種實在不知道怎麼向兒子解釋，畢竟他才十歲，我就沒有透露太多。考慮到這可憐孩子親眼目睹父親的離奇身亡，我帶他去做過幾次心理諮商。當然喬許至今不知道史恩就是親生父親，我希望他一輩子都別發現。

目前看起來喬許沒什麼異常，只是會說想念瑪姬。新聞在媒體轟動一時，我就讓兒子先請假了，免得他無意間得知自己依賴的保姆竟做過那些事情。

甚至察覺那位保姆就是自己的奶奶。

「妳去叫提姆過來嘛。」喬許又說。

「叫他做什麼？」

「我很想他啊！」

聽得我心裡好糾結。喬許已經失去很多，即使他自己未必曉得。一年內他的父親、祖母、外公外婆都走了，只剩我一個親人。

或許提姆不會原諒我，但若他還願意陪伴喬許，總比徹底斷了關係來得強。

用過晚餐，喬許自己念書，我穿上外套靴子準備出門。雖然也可以帶他一起去，但我怕提姆態度冷冰冰，那個情況兒子不在場比較不尷尬。其實我心裡確實覺得不大可能得到對方諒解，總而言之氣氛惡劣是必然。

從我家到他家的路上還有一兩吋厚積雪。這段路小時候走了多少次？數不清了。感覺那時候每次走出家門都會喊一句：去提姆家！晚點回來！

該信任他的，明知道他不是什麼窮凶極惡的人，但我卻被史恩徹底洗腦。或許只是找藉口，但真正理由大概是我不希望自己兒子的親生父親是殺人魔。

可惜我終究錯了。

到了提姆家前廊，我努力給自己心理建設，花了一兩分鐘鼓足勇氣趁著還沒反悔趕快伸出食指壓下電鈴按鈕。

又站了大概一分鐘。其實瑞斯一家人發現是我很可能置之不理，而我碰了一鼻子灰也只能乖乖轉身回家，連說出心裡多抱歉再讓他當我的面甩上大門的機會都沒有。

想不到門鎖轉動了。我搶在門打開之前堆滿笑意。

結果應門的不是提姆，而是芭芭菈．瑞斯。

上次見面是十年多之前，卻感覺瑞斯太太老了至少二十歲。不過我母親遭到帕米菈．聶爾森謀殺之前也是這種老化速度。我記憶中的瑞斯太太有一頭與提姆同樣的楓紅色秀髮，現在整個白了。

「嗨！」我左手掐右手開口，「瑞斯太太，是我……卜珂。」

「嗯，」她沉吟，「我知道。」

我說這什麼廢話呢，人家這三個月又不是住在外太空。「我……」我眼睛轉來轉去，實在沒膽量直視她。「我在想能不能……提姆在嗎？」

「嗯，」對方回答，「他在。」

瑞斯太太沒打算寬待，但也是我活該。「我能和他講幾句話嗎？」

她認真打量我好一會兒。儘管內心垂頭喪氣，我還是試著抬頭挺胸。可是這不就自欺欺人嗎？提姆被氣走了，不會原諒我，也不會再接納喬許。

「我去跟他說。」瑞斯太太最後卻這樣回答。

謝意從心裡狂湧而出。「謝謝妳，真的很謝謝妳。」

她稍稍仰頭。「卜珂妳狀態不錯。也難怪他那麼喜歡妳。」

這番話說得我摸不著頭腦，但她已經掩門進屋。我留在門口微微顫抖，身上這件外套不夠暖，呆站在戶外的時間又比預期多了些。屋內有人抬高音量似乎起了爭執，仔細一聽是提姆與他母親。當然內容我只能想像，不過提姆不想見我也是理所當然。

好長一段時間之後門終於打開。幸好露面的是提姆．瑞斯，陪我長大的鄰家男孩、那個談沒幾天戀愛就因我蒙上殺人罪嫌而坐牢的可憐人。

然後，唉，他狀況好差。還記得在小學門口重逢時自己內心小鹿亂撞，現在的提姆膚色蒼白、神情疲憊，體重應該掉了十五磅（約六點八公斤）。

而且滿臉慍怒。

「卜珂？」他那雙眼睛像刀子一樣。「妳來幹嘛？」不但沒請我進門，甚至姿勢就是要將門擋住的意思。

「呃……」我這才意識到自己根本沒想好說詞、沒先寫個稿子。我怎麼就不懂得做好準備呢？「來打個招呼。」

他眉毛一挑。「打招呼？」

「歡迎回家。」我補充。

提姆嘴角一點笑意也沒有。「輪不到妳說。」

「其實——」門廊上的我很侷促，「我這邊也不好過——」

「我可是去坐牢了啊，卜珂！」

「我知道，我知道……」我抬頭望向他，「可是喬許的親生父親想要殺掉我，我也是受害者。」

「還好意思說？」提姆雙手交叉胸前。我穿大衣都還這麼冷，他只有一件毛衣應該感覺要結凍，但從臉上完全看不出來。「我早就告訴過妳史恩那個人有問題，叫妳要小心。妳自己說我唸了多久、講過多少次？」

我聽了頭一低。提姆確實不厭其煩反覆提醒。

「當初就是史恩捅我的。」他伸手撫摸腹部傷疤的位置，「我血流不止差點就死了，意識恍惚的時候爬起來勉強看到妳逃到戶外，趕快抓起球棒拚最後一口氣朝史恩敲下去免得妳被抓回來。我根本都無法想像自己怎麼還有那種力氣，心裡只想著我不阻止他的話……」

我用力吞嚥口水。早就知道提姆救了自己一命，但我怎樣回報他？他遭誣陷的時候還被我背叛。「對不起，」我哽咽地說，「你不知道我多後悔自己沒有相信你。」

提姆眨眨眼。「那我能說什麼呢？現在提這些都太遲了。」

「你厭惡我，這個我懂。」我繼續掐自己的手，「但能不能……稍微體諒喬許呢？那孩子除了我真的誰都沒了，可是他很喜歡你，你的陪伴對他很有意義。所以……能偶爾陪他一下嗎？如果不想看見我，我可以自己出去，又或者讓他來你家——」

提姆那表情我無法理解，但他一開口我心就沉到底。「不。」

「求求你，提姆。」雖然不願意苦苦糾纏，但這是為了兒子。「一兩次也好，我想你也關心過他？」

提姆搖頭。「錯了，」他說，「我剛剛意思是，我沒有厭惡妳。」

啊？

「怎麼說呢。」他皺起眉頭，好像連自己都很訝異居然內心是這麼想的。「我很生氣，真的真的很生氣，以為一起經歷過那麼多，妳對我的信任不該那麼脆弱。但，唉，卜珂，我們包尿布的歲數就彼此認識了，從出生到現在妳一直是我最好的朋友，也是我第一次……嗯，反正妳知道。去史恩家那天晚上，我只是警告他別傷妳的心。我很認真，因為我希望妳找到好對象。」提姆的喉結起伏，「總之，我沒厭惡妳，這輩子大概都不會……」

他不厭惡我？提姆．瑞斯能夠寬恕我？我幾乎喜極而泣。

「這幾天喬許一直抱怨我們外套櫃的燈泡拉繩鬆脫。」我解釋，「他想和你一起修理，就看你有沒有空……」

提姆沉默一陣，最後點點頭。「週末過去看看。」

「謝謝。」

「別客氣。」

我擠出一個淺笑。「那到時候見。」

提姆關門時我看到了。一瞬間的事情，如果我別開眼睛就會錯過。但我很肯定剛才他嘴角有上揚。

他沒記恨。是個好的開始，足夠我們的感情重新萌芽。

尾聲

三個月後

喬許

今天真開心，數學考試全部做對考了滿分，連加分題都答出來了，全班只有我會！

提姆聽了也很得意。他和我媽鬧僵了一陣子，但又開始跑我家了，還會幫我複習。昨天晚上我回房睡覺前聽見他和媽還在廚房聊天，早上六點起床尿尿又看到他光著腳從我媽房間走出來。他伸手指抵著嘴巴，我知道意思是不要跟我媽提起自己看見了。

提姆人很好，我喜歡他，也希望他能常來。雖然不是親生爸爸，但假如媽說要嫁給他之類的，我覺得沒關係。反正無論親爸爸是誰似乎都沒打算回來找我了。

他常來還有個好處。媽新找的保姆我不喜歡。還是瑪姬好，慈祥和藹、廚藝一級棒，比我媽還會做菜，不只讓我幫忙還會給我最有趣的部分。以前瑪姬常常說：「小寶貝，你是世界上我最喜歡的人哦！」

後來我媽說瑪姬做了壞事，再也不能來了。過沒多久，我看到她出現在電視裡，而且用了另一個名字叫做帕米菈．聶爾森。媽發現我看到了，立刻關掉電視。

總之提姆回來我很開心，我媽也很開心。而且提姆很聰明，所以他說的話我會聽。

比方說，好久以前，應該是搬過來剛開學沒多久，有一天提姆和我一起坐在沙發，媽不知道去哪兒了。那時候他就告訴我：「喬許，有很重要的事情想跟你說。」

「什麼？」我用力裝正經，否則大人常常以為我年紀小就聽不懂。

「希望你記住，」提姆回答，「之後可能會有個叫做『史恩．聶爾森』的人會過來傷害你媽媽。這個人，史恩．聶爾森，非常非常的壞。所以無論遇見了還是聽說了，你們千萬要小心。」

我用力點頭，很高興他願意信任自己。雖然那時候我完全不知道史恩．聶爾森到底是誰。

結果後來媽媽真的帶那個人到家裡住，我內心好訝異。那個史恩表面上還可以，但我一直記得提姆的警告。史恩會傷害媽媽，而且提姆說過這很重要。

我相信提姆。

所以史恩帶我進樹林堆雪人那天，我特別留意到樹上長了很多冰錐，看起來又重又利。史恩個頭比我大太多了，我想保護媽媽的話沒有更好的機會。

等史恩站在一棵樹下，我就爬上去用力搖樹枝，所有冰塊往他砸過去。

堆積在樹上的雪和冰滿多的，他被壓得倒地。去年比賽的時候，傑登投球打中奧利佛的頭

（只是意外），奧利佛就昏過去了，我不知道史恩是不是也一樣就走近觀察。沒想到他躺在那邊揉揉腦袋瓜，似乎沒真的受傷。

不過我看見地上有一根很大的冰錐。至少兩呎長三吋粗（約六十公分長、八公分粗），和少棒聯盟的球棒幾乎一樣大小。我可是隊上最好的打擊手，今天又有戴手套，直接拿起來找秋天提姆教過的方法用力揮出去。一下、兩下，一直揮一直揮。

本來擔心冰錐會不會斷掉，可是它很結實一直保持完整。打第一下的時候史恩大聲吼叫，第二下第三下開始沒聲音，不知道第幾下之後他就不動了。

每次做錯事，媽媽都說要反省。拿冰錐敲史恩的頭應該不用反省，因為也沒更好的辦法。提姆說過他是壞人，會傷害媽媽。那天他跟媽媽講電話的時候一聽就不客氣，所以提姆說得沒有錯。

我就該那樣做。

為了媽媽，我什麼都願意。

致謝

寫致謝的時候被我老公發現了。

我跟他說致謝才是一本書最難寫的部分，所以每次能拖就拖，只要最後沒忘記就好。我很怕寫不出內心誠摯的謝意。

「每本書都要寫？」他問。

「對。」

「為什麼？」

「你是問我，為什麼我要感謝幫助我的人，還是為什麼感謝大家很重要？認真的？」

「好吧。」他改口，「那，妳有沒有在致謝詞提過我啊？」

「喔，偶爾啦。」我想了想，「會感謝家人嘛。你不就是家人。」

「啊？我明明幫了很多忙，每次給妳出那麼好的點子，是妳自己不肯採納。」

「……」

「連體雙胞胎！真的讚！」

利用這機會順便向我媽表達謝意。她視力大不如前，但還為我反覆讀過好幾遍，然後一直嘮叨封面字體得改。Jen一如既往評論得很犀利。Kate的建議很棒。Avery對一校和封面提出很多寶貴意見。Rhona幫我比較了好多好多的封面設計。Val眼睛真的很利。Emilie也幫忙讀過一校稿。謝謝大家。

也向所有讀者致上最大的感激。原本想提幾個名字，但仔細想想優秀的讀者朋友太多，隨便開口怕是一定會有遺珠，所以就容我向所有粉絲說聲謝謝吧！假如你還不是粉絲，那「催眠音效」你現在可以加入了……

最後照慣例要感謝我的家人，特別是我的老公。如果某一天我真的寫了連體孿生這個主題，都是他害的。

Storytella 232

囚犯
The Inmate

囚犯/芙麗達.麥法登(Freida McFadden)作；陳岳辰譯. --
初版. -- 臺北市：春天出版國際文化有限公司, 2025.02
面； 公分. -- (Storytella ; 232)
譯自：The Inmate
ISBN 978-626-7637-00-5(平裝)

874.57 113018527

ISBN 978-626-7637-00-5
Printed in Taiwan

作　者　芙麗達・麥法登
譯　者　陳岳辰
總編輯　莊宜勳
主　編　鍾靈

出版者　春天出版國際文化有限公司
地　址　台北市大安區忠孝東路四段303號4樓之1
電　話　02-7733-4070
傳　眞　02-7733-4069
E—mail　bookspring@bookspring.com.tw
網　址　http://www.bookspring.com.tw
部落格　http://blog.pixnet.net/bookspring
郵政帳號　19705538
戶　名　春天出版國際文化有限公司
法律顧問　蕭顯忠律師事務所
出版日期　二〇二五年二月初版

定　價　399元

總經銷　楨德圖書事業有限公司
地　址　新北市新店區中興路二段196號8樓
電　話　02-8919-3186
傳　眞　02-8914-5524
香港總代理　一代匯集
地　址　九龍旺角塘尾道64號 龍駒企業大廈10 B&D室
電　話　852-2783-8102
傳　眞　852-2396-0050